Canción de Navidad

AUSTRALMÍNIMA

Charles Dickens

Canción de Navidad

Traducción
José C. Vales

PEFC Certificado

Este libro procede de bosques gestionados de forma sostenible

PEFC/14-38-00305 www.pefc.es

La lectura abre horizontes, iguala oportunidades y construye una sociedad mejor.
La propiedad intelectual es clave en la creación de contenidos culturales porque sostiene el ecosistema de quienes escriben y de nuestras librerías.
Al comprar este libro estarás contribuyendo a mantener dicho ecosistema vivo y en crecimiento.
En **Grupo Planeta** agradecemos que nos ayudes a apoyar así la autonomía creativa de autoras y autores para que puedan seguir desempeñando su labor.
Dirígete a CEDRO (Centro Español de Derechos Reprográficos) si necesitas fotocopiar o escanear algún fragmento de esta obra. Puedes contactar con CEDRO a través de la web www.conlicencia.com o por teléfono en el 91 702 19 70 / 93 272 04 47

Título original: *A Christmas Carol*

Avda. Diagonal, 662-664, 08034 Barcelona (España)
www.planetadelibros.com

Diseño de la colección: Austral / Área Editorial Grupo Planeta
Ilustraciones de la cubierta: © Sandra Rilova
Primera edición: noviembre de 2024

Depósito legal: B. 17.834-2024
ISBN: 978-84-08-29207-4
Impresión y encuadernación: Huertas, S. L.
Printed in Spain - Impreso en España

PREFACIO

En este pequeño cuento de fantasmas he intentado presentar al Fantasma de una Idea que no incomode a mis lectores ni consigo mismos, ni con otros, ni con la Navidad, ni conmigo. ¡Ojalá esta historia cautive sus hogares agradablemente y nadie desee abandonarla!

Su fiel amigo y servidor,

CD

Diciembre de 1843

ESTROFA I

El fantasma de Marley

Marley estaba muerto; eso para empezar. En ese punto no cabe la menor duda. El registro de su entierro fue firmado por el pastor, el secretario, el director de la funeraria y por el principal allegado: Scrooge. Scrooge lo firmó; y el nombre de Scrooge confería validez a todo aquello en lo que decidiera estampar su firma. El viejo Marley estaba tan muerto como el clavo de una puerta.

¡Ojo! No estoy diciendo que yo sepa, por mi cuenta, qué tiene de muerto concretamente el clavo de una puerta. Por lo que a mí respecta, podría haberme sentido inclinado a considerar que el clavo de un ataúd es el objeto más muerto de todo el comercio ferretero. Pero la sabiduría de nuestros antepasados radica en ese dicho; y mis manos impías no se atreverán a cambiarlo o todo el país se irá a la ruina. Así que permítanme repetir, enfáticamente, que Marley estaba tan muerto como el clavo de una puerta.

Scrooge sabía que estaba muerto. Por supuesto que sí. ¿Cómo no lo iba a saber? Scrooge y Marley habían sido socios durante no sé cuántos años. Scrooge era su único albacea,[1] su único administrador, su único cesionario,[2] su único heredero legítimo:[3] su único amigo y su único allegado en el entierro. Y aunque Scrooge no se sintió excesivamente afectado por el triste acontecimiento, se comportó como un competente hombre de negocios el mismo día del funeral, y consiguió que fuera un acto solemne por una verdadera ganga.

La mención del funeral de Marley me devuelve al punto de partida: no cabe la menor duda de que Marley estaba muerto. Esto debe quedar muy claro o no habrá nada de maravilloso en la historia que voy a contar. Si no estuviéramos perfec-

1. Persona encargada de cumplir la voluntad de un fallecido.

2. Persona o entidad que recibe una cesión.

3. Conforme a las leyes.

tamente convencidos de que el padre de Hamlet[4] está muerto antes de que comience la obra, no tendría nada de extraordinario que saliera a dar un paseo nocturno por las murallas de su castillo, con ese viento del este, y no sería más raro que el hecho de que cualquier otro caballero de mediana edad saliera imprudentemente después del anochecer a dar un paseo por un lugar ventoso —digamos el cementerio de San Pablo, por ejemplo— para literalmente aterrorizar la frágil mente de su hijo.

Scrooge nunca borró el nombre del viejo Marley. Allí seguía, muchos años después, sobre la puerta de la tienda: SCROOGE & MARLEY. La empresa era conocida como Scrooge & Marley. A veces, la gente nueva en el negocio llamaba a Scrooge Scrooge, y otras veces lo llamaban Marley, pero él respondía a los dos nombres, pues le daba igual.

¡Oh, Scrooge! ¡Qué infatigable en su avariciosa tarea! ¡Un viejo pecador codicioso, roñoso, tacaño, egoísta, mezquino y miserable! Duro y cruel

4. Hamlet, personaje de William Shakespeare, es el protagonista de la obra teatral que lleva su nombre por título. *(N. del t.)*

como un pedernal[5] del que ningún acero pudo sacar jamás ni una chispa de generosidad; taciturno, reservado y solitario como una ostra. El frío de su interior congelaba sus rasgos envejecidos, afilaba su nariz ganchuda, le arrugaba las mejillas, anquilosaba sus andares, enrojecía sus ojos, le amorataba los labios y confería a su estridente voz un desagradable tono de astucia maliciosa. Llevaba en la cabeza y por encima de sus cejas, y en su barbilla nervuda, una costra de escarcha helada. Siempre cargaba con su baja temperatura: congelaba su despacho los días más calurosos y no se descongelaba ni un grado por Navidad.

Ni el calor ni el frío exterior influían mucho en Scrooge. No había calor que pudiera calentarlo, ni tiempo invernal que pudiera hacerle pasar frío. No había viento gélido que soplara con más inquina[6] que él, ni nevada con peores intenciones, ni tormenta de granizo menos proclive a escampar. El tiempo desapacible no hacía mella en él. Los peores chubascos, la nieve, el viento, el pedrisco[7] o la

5. Variedad del cuarzo que destaca sobre todo por su dureza.

6. Mala voluntad.

7. Piedra o granizo que cae con gran violencia.

cellisca[8] sólo podían presumir de aventajarlo en un aspecto: ellos habitualmente tenían la amabilidad de amainar,[9] mientras que Scrooge nunca escampaba.

Nadie lo paraba por la calle para decirle, con amabilidad, «Mi querido Scrooge, ¿cómo está usted? ¿Cuándo va a pasar a verme?». Ningún mendigo le suplicaba una limosna, ningún niño le pedía la hora, nadie, ni hombre ni mujer, le preguntaron a Scrooge, en toda su vida, por dónde se iba a tal o cual sitio. Incluso los perros de los ciegos parecían conocerlo y, cuando lo veían acercarse, tiraban de sus dueños hacia los portales y los patios, y luego meneaban el rabo como diciendo: «¡Mejor no tener ojos que tener mal de ojo, amo ciego!».

Pero ¿eso qué le importaba a Scrooge? Eso era precisamente lo que le gustaba. Avanzar al margen de los trillados caminos de la vida y advertir a los sentimientos compasivos que mantuvieran las distancias: eso era lo que le «pirraba» a Scrooge, como dicen los modernos entendidos.

8. Temporal de agua y nieve acompañado de fuerte viento.
9. Aflojar, perder fuerza.

En cierta ocasión —entre todos los días del año, tuvo que ser la víspera de Navidad—, estaba el viejo Scrooge en su oficina de prestamista, trabajando avariciosamente. Hacía un frío deprimente y penetrante, y además había niebla, y podía oír a la gente en la calle, yendo de un lado para otro, resoplando, golpeándose el pecho para entrar en calor y dando patadas en el pavimento para desentumecer los pies. Los relojes de la ciudad acababan de dar las tres, pero ya era completamente de noche —no había habido verdadera luz en todo el día— y las velas ya estaban encendidas en las ventanas de los despachos vecinos, como fulgores[10] amarillentos en una atmósfera densa y turbia. La niebla penetraba por cada rendija y por cada cerradura, y sin embargo era tan densa que aunque la calle era de las más estrechas de la ciudad, las casas de enfrente apenas eran fantasmagorías. Viendo cómo aquella sucia niebla lo envolvía y lo oscurecía todo, uno podría pensar que la Naturaleza apenas era capaz de sobrevivir y que se estaba disolviendo en sí misma a gran escala.

10. Resplandores.

La puerta del despacho de Scrooge estaba abierta, así podía tener vigilado a su secretario, que se encontraba copiando cartas en un sombrío cuartucho anejo, una especie de trastero. Scrooge tenía encendido un fuego mínimo, pero el fuego de la estufa del oficinista era aún más pequeño, tan pequeño que parecía sólo un ascua. Pero no podía alimentarlo, porque Scrooge guardaba la caja carbonera en su propio despacho, y seguramente en cuanto el secretario se presentara allí con la badila,[11] el jefe se plantearía despedirlo. Así que el secretario se abrigó con la bufanda e intentó calentarse las manos con la vela; en ese sentido, sin embargo, como no era un hombre muy imaginativo, fracasó.

—¡Feliz Navidad, tío! ¡Dios le guarde! —exclamó una voz alegre. Era el sobrino de Scrooge, que entró tan intempestivamente en la oficina que aquellas palabras fueron el primer indicio de su presencia.

—¡Bah! —dijo Scrooge—. ¡Paparruchas![12]

11. Pequeña pala para recoger y remover el material combustible.

12. Bobadas, tonterías, patrañas.

El sobrino de Scrooge venía tan acalorado, por caminar deprisa en medio de la niebla y la escarcha, que traía la cara encendida. Tenía un rostro colorado y agradable; su mirada chispeaba llamaradas y su respiración dejaba escapar vapor.

—¿La Navidad son paparruchas? ¡Tío! —exclamó el sobrino de Scrooge—. Seguro que no está hablando en serio...

—Pues sí —replicó Scrooge—. ¡Feliz Navidad! ¿Qué derecho tienes tú a ser feliz? ¿Qué razones tienes tú para ser feliz? ¡Si eres pobre!

—Bueno, puede ser... —respondió alegremente el sobrino—. ¿Y qué derecho tiene usted a estar tan enfurruñado? ¿Qué razones tiene usted para estar tan malhumorado? ¡Si es usted muy rico!

No disponiendo de ninguna respuesta adecuada en aquel preciso momento, Scrooge volvió a decir:

—¡Bah! —Y añadió de nuevo—: ¡Paparruchas!

—No se enfade, tío —dijo el sobrino.

—¿Y qué otra cosa puedo hacer —contestó el tío— si vivo en un mundo de necios? ¡Feliz Navidad! ¡A la porra con tu Feliz Navidad! ¿Qué es la Navidad para ti, sino la época de pagar facturas y no tener ni un chelín?[13] ¿Qué es, sino esa época en la que uno se encuentra un año más viejo y ni una hora más rico, una época para hacer balance en los libros de cuentas y encontrarse con que cada asiento,[14] a lo largo de doce meses, da resultado negativo? Si fuera por mí —añadió Scrooge con indignación—, a todos esos idiotas que no hacen más que repetir «¡Feliz Navidad!» los hornearía con su propio pastel navideño y los enterraría con una estaca de acebo[15] clavada en el corazón. ¡Eso es lo que haría!

—¡Tío...! —suplicó el sobrino.

—¡Sobrino! —replicó el tío, con más severidad—. ¡Celebra la Navidad a tu modo y déjame que yo la celebre al mío!

—¿Celebrarla? —repitió el sobrino de Scrooge—. ¡Pero si usted no la celebra!

—¡Pues entonces déjame en paz! —dijo Scrooge—. ¡Y que te aproveche la Navidad! ¡Que te aproveche lo mismo que siempre!

—Yo diría que hay muchas cosas de las que podría haberme beneficiado y de las que no he sacado

13. Moneda inglesa de poco valor.
14. Anotación.
15. Árbol silvestre.

provecho —respondió el sobrino—. La Navidad, entre otras cosas. Pero estoy seguro de que siempre he pensado en la Navidad, cuando está a punto de llegar, como una buena época, dejando aparte el respeto debido a su nombre y a su origen sagrado, si es que algo de eso puede dejarse aparte, claro. Una buena época, sí: amable, compasiva, generosa, agradable... La única época del año, que yo sepa, en la que hombres y mujeres parecen ponerse de acuerdo en abrir sus corazones endurecidos, generosamente, y considerar a las personas que están por debajo de ellos como si fueran realmente compañeros de viaje hacia la tumba, y no otra especie de criaturas cuyo destino correrá una suerte distinta. Así pues, tío, aunque la Navidad jamás ha añadido ni una pizca de oro o plata a mi bolsillo, creo que me ha hecho bien y seguirá haciéndome bien. Y por eso digo: ¡Dios bendiga la Navidad!

El oficinista del cuarto trastero aplaudió casi sin pensarlo. Al darse cuenta inmediatamente de su imprudencia, intentó atizar el fuego, pero lo único que consiguió fue apagar definitivamente las últimas y tibias ascuas.

—¡Como te vuelva a oír el más mínimo ruido —dijo Scrooge— celebrarás la Navidad con la pérdida de tu empleo! Eres un orador fabuloso —añadió, volviéndose a su sobrino—. Me asombra que no estés en el Parlamento.

—No se enfade, tío. ¡Vamos! ¡Venga a comer con nosotros mañana!

Scrooge dijo que pasaría a ver..., sí, dijo que lo haría. Y luego completó toda la frase, y dijo que pasaría a ver la miseria en que vivía su sobrino.

—Pero ¿por qué? —exclamó el sobrino de Scrooge—. ¿Por qué?

—¿Por qué te casaste? —dijo Scrooge.

—Porque me enamoré.

—¡Porque te enamoraste! —gruñó Scrooge, como si enamorarse fuera la única cosa del mundo que pudiera considerarse más ridícula que una feliz Navidad—. ¡Buenas tardes!

—No, tío: usted tampoco vino a verme nunca antes de casarme. ¿Por qué lo pone como excusa para no venir a verme ahora?

—Buenas tardes —repitió Scrooge.

—No quiero nada de usted. No le pido nada. ¿Por qué no podemos llevarnos bien?

—Buenas tardes —dijo Scrooge.

—Lo siento, siento de todo corazón que sea tan tozudo. Nunca hemos discutido por algo en lo que yo me empeñara. Pero lo he intentado esta vez sólo porque es Navidad, y conservaré mi espíritu navideño hasta el final. ¡Así que Feliz Navidad, tío!

—Buenas tardes —dijo Scrooge.

—¡Y Feliz Año Nuevo!

—Buenas tardes —insistió Scrooge.

A pesar de todo, su sobrino salió del despacho sin una mala palabra. Se detuvo un instante en la puerta para felicitarle la Navidad al secretario, quien, a pesar de estar helado, fue más cálido que Scrooge, y le devolvió la felicitación cordialmente.

—Otro majadero —farfulló Scrooge, que lo había oído—, mi secretario, con quince chelines a la semana, y una mujer y una familia a su cargo, hablando de una feliz Navidad. Tendré que llevarlo al manicomio.

El loco en cuestión, al acompañar a la puerta al sobrino, dejó entrar a otras dos personas. Eran dos caballeros elegantes, de aspecto agradable, y se habían adelantado, con los sombreros en la mano, hasta el despacho de Scrooge. Llevaban libros y otros documentos consigo, y lo saludaron con una leve reverencia.

—Scrooge & Marley, supongo —dijo uno de los caballeros, leyendo el nombre en un listado—.

¿Tengo el placer de dirigirme al señor Scrooge o al señor Marley?

—El señor Marley lleva muerto siete años —replicó Scrooge—. Murió hace siete años, esta misma noche.

—No nos cabe la menor duda de que su generosidad estará bien representada por su socio superviviente... —dijo el caballero, presentando sus credenciales.

Así era ciertamente, porque habían sido almas gemelas. Cuando escuchó la palabra «generosidad», Scrooge frunció el ceño, negó con la cabeza y les devolvió las credenciales.

—En estas fiestas tan señaladas, señor Scrooge —dijo el caballero, cogiendo una pluma—, más que en cualquier otro momento, es deseable que fijemos una pequeña provisión para los pobres y menesterosos,[16] que suelen sufrir muy especialmente en esta época. Hay miles de personas que carecen de lo más común y necesario, y cientos de miles precisan de las comodidades más elementales, señor.

—¿No hay cárceles? —preguntó Scrooge.

16. Necesitados.

—Hay muchas cárceles —dijo el caballero, dejando la pluma en la mesa.

—¿Y los albergues de las Uniones Parroquiales? —quiso saber Scrooge—. ¿Ya no funcionan?

—Sí. Aún funcionan —contestó el caballero—. Aunque me gustaría decir que no.

—Entonces los molinos penitenciarios y la Ley de Pobres siguen en vigor.

—Y a pleno rendimiento, señor.

—¡Ah, por lo que me ha dicho al principio me temía que hubiese ocurrido algo que impidiera que esas instituciones siguieran operando tan beneficiosamente como siempre —dijo Scrooge—. Me alegra saber que no es así.

—Dado que da la impresión de que semejantes medidas apenas pueden proporcionar consuelo cristiano ni a las almas ni a los cuerpos de los miserables —replicó el caballero—, algunos de nosotros estamos intentando recaudar fondos para comprar a los pobres algunos alimentos y algunas bebidas, y algún medio para que no pasen frío. Elegimos esta época del año porque, de todas, es cuando la necesidad se hace más apremiante y la beneficencia se aprecia más. ¿Qué cantidad le apunto?

—Nada —contestó Scrooge.

—¿Desea figurar como donante anónimo?

—Deseo que me dejen en paz —dijo Scrooge—. Ya que ustedes me han preguntado qué deseo, caballeros, ésa es mi respuesta. No celebro la Navidad y no voy a dar dinero para que la celebren los holgazanes. Ya colaboro en la financiación de las instituciones que he mencionado (y bien que me cuestan), los que anden mal de dinero pueden acudir a ellas.

—Muchos no pueden ir; y otros preferirían morir antes que ir a esos lugares.

—Si prefieren morir —dijo Scrooge—, que lo hagan, y así solucionarán el problema de la superpoblación. Además, perdónenme, yo no entiendo nada de esas cosas...

—Pues debería —observó el caballero.

—No es asunto mío —replicó Scrooge—. Ya es bastante que uno sepa de lo que le incumbe y no ande metiendo las narices en los asuntos de los demás. Y mi negocio me mantiene constantemente ocupado. ¡Muy buenas tardes, caballeros!

Viendo claramente que sería inútil continuar insistiendo en su petición, los caballeros se retiraron. Scrooge volvió a sus asuntos con una opinión muy favorable de sí mismo y con un humor más divertido del que le era habitual.

Entretanto, la niebla y la oscuridad se espesaron tanto que había gente que iba por las calles con faroles encendidos, ofreciendo sus servicios para ir delante de los coches de caballos y guiarlos en su camino. La vetusta torre de una iglesia, cuya vieja campana refunfuñona estaba siempre espiando ladinamente a Scrooge desde un vano gótico en el muro, ya ni siquiera se veía, y daba las horas y los cuartos en tinieblas, con trémulas vibraciones, como si estuviera castañeteando los dientes por el frío, allí arriba. Cada vez hacía más frío. En la calle principal, en una esquina de la plaza, algunos obreros andaban reparando las farolas de gas y habían encendido una gran hoguera en un bidón, en torno al cual se había reunido un grupo de hombres y niños harapientos; se calentaban las manos y entrecerraban los ojos fascinados ante las llamas. La boca de riego parecía abandonada, con el agua rebosante congelada en sombríos carámbanos, convertida en misantrópico[17] hielo. El fulgor de los es-

17. Derivado de *misantropía*: aversión al género humano y al trato con otras personas.

caparates, donde brillaban las frutas y los acebos al calor de las estufas, conseguía que los rostros helados se pusieran colorados al pasar. Las pollerías y las tiendas de ultramarinos se habían convertido en una fabulosa ironía, un glorioso espectáculo con el cual era casi imposible creer que tuvieran nada que ver conceptos tan turbios como la compra y la venta. El señor alcalde, en su bastión[18] de la terrible Mansion House, daba órdenes a sus cincuenta cocineros y mayordomos para que la Navidad se celebrara tal y como se suponía que debía celebrarla la familia de un señor alcalde; e incluso el pobre sastre a quien había multado el lunes pasado con cinco chelines por estar borracho y andar en pendencias callejeras, removía la masa del pastel navideño en su buhardilla, mientras su famélica mujer salía con el niño a comprar la carne.

¡Más niebla, y más frío! Un frío punzante, penetrante, cortante. Si el buen san Dunstán hubiera pellizcado la nariz del Espíritu Maligno con una mano así de fría en vez de emplear sus armas convencionales, seguro que el demonio habría gri-

18. Baluarte, lugar fortificado.

tado bastante más.[19] El propietario de una naricilla joven, mordisqueada y arañada por el frío hambriento, igual que los huesos mordisqueados por los perros hambrientos, se detuvo ante la cerradura de Scrooge, para regalarle un villancico navideño, pero con las primeras melodías del

¡Dios le bendiga, feliz caballero!
¡Que nada le aflija!

Scrooge agarró la regla con una violencia tan amenazadora que el tunante huyó aterrorizado, abandonando la puerta para adentrarse en una niebla y en un hielo más propicios.

Por fin llegó la hora de cerrar el despacho de contaduría.[20] De mala gana, Scrooge abandonó su silla y admitió a regañadientes dicha circunstancia ante su expectante secretario, que rápida-

19. Según una leyenda del siglo XI, el diablo se presentó ante san Dunstán en forma de hermosa joven para tentarlo. Como el santo permaneció impasible a su hermosura, el diablo recuperó su forma infernal, y san Dunstán utilizó sus tenazas ardientes para pellizcarle la nariz. Una coplilla popular decía que los aullidos del demonio pudieron oírse en tres millas a la redonda. *(N. del t.)*

20. Oficina donde se llevan las cuentas.

mente apagó la vela con un soplido y se puso el sombrero.

—Imagino que mañana querrá tener el día libre, ¿no? —dijo Scrooge.

—Si no le parece mal, señor.

—Me parece mal —dijo Scrooge—, y no es justo. Si le descuento media corona por ello, usted pensaría que abuso de usted, ¿me equivoco?

El secretario sonrió levemente.

—Y sin embargo —añadió Scrooge—, usted no cree que esté abusando de mí cuando le pago el sueldo de un día que usted no trabaja.

El oficinista murmuró que era solamente una vez al año.

—¡Menuda excusa barata para ventilarle el bolsillo a un hombre honrado cada veinticinco de diciembre! —exclamó Scrooge, abotonándose el abrigo hasta la barbilla—. Pero supongo que tendré que concederle toda la jornada libre. ¡Lo quiero aquí al día siguiente a primera hora!

El secretario prometió que así lo haría y Scrooge salió gruñendo del despacho. La oficina quedó a oscuras en un abrir y cerrar de ojos y el oficinista, cubriéndose los costados con los extremos de su larga bufanda blanca (porque no podía permitirse un abrigo), bajó por una calle helada hasta Cornhill, tras un grupo de muchachos, patinando veinte veces en honor de la Nochebuena, y luego corrió a casa, en Camden Town, tan rápidamente como pudo, para jugar a la gallinita ciega.

Scrooge tomó su deprimente cena en su deprimente taberna habitual, y después de leer todos los periódicos y matar el resto de la noche con su libro de cuentas se fue a casa a dormir. Vivía en unos apartamentos que antaño habían pertenecido a su socio fallecido. Eran unas cuantas habitaciones siniestras que ocupaban unos edificios bajos construidos en torno a un patio donde había tan poca cosa que hacer que uno casi podía imaginar que el edificio, siendo una casa joven, había llegado corriendo hasta allí mientras jugaba al escondite con otras casas y había olvidado el camino de regreso. Ahora ya era un edificio viejo, y lo suficientemente lúgubre como para que nadie que no fuera Scrooge viviese allí. El resto de las viviendas estaban alquiladas como oficinas. El patio era tan oscuro que incluso Scrooge, que conocía cada una de sus baldosas, se veía obligado a avanzar a tientas. La niebla y la escarcha estaban tan pegadas al negro portalón de la casa que parecía como si el Genio del Invierno hubiera decidido sentarse en fúnebre meditación en el umbral.

Por otra parte, es un hecho que no había nada en absoluto de particular en la aldaba[21] de la puerta... salvo que era muy grande. También era un hecho cierto que Scrooge la había visto mil veces, de día y de noche, durante toda su estancia en aquel lugar, y también que tenía una cantidad tan limitada de eso que se llama imaginación como cualquier hombre de la City de Londres, incluyendo —y ya es decir— al ayuntamiento, a los concejales y a los gremios. Téngase también en cuenta que Scrooge no le había dedicado a Marley ni un solo pensamiento desde que mencionara, esa misma tarde, que su difunto socio había muerto siete años antes. Así pues, que alguien me explique, si puede, cómo fue que Scrooge, al meter la llave en la cerradura de la puerta, vio en la aldaba, sin que ésta sufriera ningún proceso de cambio intermedio, no una aldaba, sino la cara de Marley.

La cara de Marley. No estaba sumida en las impenetrables sombras, como el resto de los obje-

21. Pieza de hierro o bronce que se pone a las puertas para llamar golpeando con ella.

tos del patio, sino que parecía iluminada por una tenue luz, como una langosta podrida en una bodega oscura. No parecía enfadada, ni furiosa, sino que miraba a Scrooge igual que solía mirarlo Marley, con unas gafas fantasmales levantadas sobre su frente fantasmal. Tenía el pelo curiosamente despeinado, como si se lo estuviera desordenando un aliento invisible o un aire caliente, y aunque tenía los ojos muy abiertos, estaban completamente inmóviles. Eso y su lividez le conferían un aspecto horrible; pero ese horror parecía ajeno a su rostro, como si no estuviera en su mano dar miedo, tan sólo ser parte de su propia expresión.

Cuando Scrooge observó fijamente ese fenómeno, el rostro volvió a convertirse en una aldaba.

Sería falso decir que no se sorprendió, o que los latidos de su pulso no registraron una terrible sensación a la que había sido ajeno desde la infancia. Pero volvió a coger la llave que había abandonado en la cerradura, la giró vigorosamente, entró y encendió una vela.

Entonces, *efectivamente*, se detuvo, en un momento de indecisión, antes de cerrar la puerta, y, *efectivamente*, volvió a mirar la puerta por el interior, como si esperase volver a sentirse aterrorizado al ver las melenas desaliñadas de Marley colándose en el vestíbulo. Pero en la parte interior de la puerta no había nada, salvo los tornillos y las tuercas que sujetaban la aldaba en el exterior. Así que dijo «¡Bah, bah!» y cerró de un portazo.

El golpetazo resonó por toda la casa como un trueno. Cada habitación del piso de arriba y cada tonel en las bodegas del vinatero parecieron retumbar con ecos particulares. Scrooge no era un hombre que se dejara intimidar por los ecos. Echó el cerrojo a la puerta, cruzó el vestíbulo y subió las escaleras —muy lentamente—, despabilando la vela mientras ascendía.

Se podría discutir, por ejemplo, sobre la manera de guiar un coche de seis caballos por un amplio tramo de escaleras viejas o por uno de los modernos debates parlamentarios... Lo que quiero decir es que por aquellas escaleras podría subir un carruaje funerario, y que se podría colocar de través, con la lanza o la vara hacia la pared y la puerta trasera hacia la balaustrada,[22] y cabría perfectamente. Había espacio suficiente para ello

22. Columnas pequeñas unidas entre sí que tienen la función de barandilla.

y sobraría sitio; tal vez ésa fue la razón por la que Scrooge creyó ver una comitiva funeraria avanzando delante de él entre las sombras. Media docena de farolas de gas de la calle no habrían conseguido iluminar suficientemente aquel vestíbulo, así que puede suponerse que, a pesar de la luminaria que llevaba Scrooge, el lugar estaba bastante oscuro.

Subía Scrooge, sin que aquello le importara un bledo: la oscuridad es barata y a Scrooge le gustaba. Pero antes de cerrar la pesada puerta de su apartamento, recorrió sus aposentos para comprobar que todo estaba en orden. Tenía muy presente el recuerdo de la cara en la aldaba y por eso lo hizo.

El salón, el dormitorio, el trastero. Todo estaba como debía estar. No había nadie debajo de la mesa, nadie debajo del sofá; un pequeño fuego en la rejilla de la chimenea; la cuchara y el tazón, dispuestos; y la cazuelilla de gachas[23] (Scrooge estaba resfriado) en el fogón. Nadie debajo de la cama; nadie en el armario; nadie en su batín, col-

23. Comida compuesta de harina cocida con agua y sal, que se puede aderezar con leche, miel u otro aliño.

gado en la pared con una sospechosa postura. El trastero, como siempre. La vieja pantalla guardafuegos de la chimenea, los viejos zapatos, dos cestos de mimbre, un palanganero[24] de tres patas y un atizador.

Finalmente tranquilo, cerró la puerta de sus dependencias, y la cerró con llave... con dos vueltas, aunque ésa no era su costumbre. Protegido así ante cualquier sorpresa, se quitó la corbata, se puso el batín y el gorro de dormir, y se calzó las zapatillas; luego se sentó delante de la chimenea para tomarse las gachas.

En realidad tenía muy poco fuego; prácticamente nada, teniendo en cuenta el frío que hacía aquella noche. Se vio obligado a sentarse muy cerca de la chimenea y a encorvarse sobre el fuego para poder extraer una mínima sensación de calidez de aquel puñado miserable de combustible. La chimenea era antigua, construida por algún mercader holandés hace mucho tiempo y alicatada por completo con extraños azulejos holandeses, con-

24. Mueble de madera o hierro, por lo común de tres pies, donde se coloca la palangana para lavarse, y a veces un jarro con agua, el jabón y otros enseres para el aseo de la persona.

feccionados con ilustraciones de las Sagradas Escrituras. Había caínes y abeles, hijas de faraones, reinas de Saba, mensajeros angelicales que descendían por los aires en nubes que parecían camas de plumas... abrahames, baltasares, apóstoles haciéndose a la mar en barquitos que parecían mantequilleras, cientos de personajes que atraían su atención. Y sin embargo, el rostro de Marley, muerto siete años atrás, volvía a su imaginación como aquel cayado del profeta y devoraba todo lo demás.[25] Si cada uno de aquellos suaves azulejos hubieran sido completamente blancos, y se pudiesen formar imágenes en su superficie a partir de los fragmentos dispersos del pensamiento de Scrooge, en todos y en cada uno de ellos se habría plasmado la cara del viejo Marley.

—¡Paparruchas! —dijo Scrooge, y se levantó para caminar de un lado a otro por toda la habitación.

25. Es una referencia a cierto pasaje bíblico del Éxodo, en el que Aarón, hermano de Moisés, transforma su cayado o bastón en serpiente; los magos del faraón hacen otro tanto con sus bastones para demostrar que todo es un truco del judío, pero la serpiente de Aarón devora entonces a todas las demás. *(N. del t.)*

Tras varias idas y venidas, volvió a sentarse. Cuando reclinó hacia atrás la cabeza en el sillón, su mirada se detuvo en un cordel de campanilla —una campanilla desusada— que colgaba junto a la pared de la sala y que, con algún propósito desconocido, comunicaba su habitación con el desván que había arriba. Con un enorme asombro, y con un extraño e inexplicable temor, Scrooge vio que aquel cordel comenzaba a balancearse. Al principio se balanceaba tan levemente que apenas si emitía sonido alguno; pero no tardó en moverse más y hacer sonar claramente la campanilla. Y lo mismo hicieron todas las campanillas de la casa.

Puede que aquello durara medio minuto, o un minuto, pero a él le pareció una hora. Las campanillas dejaron de sonar igual que empezaron, todas al mismo tiempo. Y después se oyó un ruido seco y metálico, en el piso inferior al principio, como si una persona estuviera arrastrando una pesada cadena junto a los toneles que el comerciante de vinos tenía en la bodega. Entonces, Scrooge recordó haber oído alguna vez que los fantasmas de las casas encantadas se describían como espectros que iban arrastrando cadenas.

La puerta de la bodega se abrió de repente con un estruendo y luego Scrooge comprobó que el ruido era cada vez más fuerte en los pisos inferiores, y entonces supo que empezaba a subir las escaleras; le pareció que el ruido de cadenas avanzaba directamente hacia su puerta.

—¡No son más que paparruchas! —dijo Scrooge—. ¡No me lo creo!

Sin embargo, se puso pálido cuando, sin más, el ruido atravesó la vieja puerta de sus aposentos y el espectro se presentó en la sala delante de él. Cuando entró, la llama mortecina de la chimenea se avivó, como si gritara «¡Lo conozco! ¡Es el fantasma de Marley!», y volvió a debilitarse después.

Era su misma cara, su mismísima cara. Marley, con su coleta, con el chaleco de siempre, con sus calzas y sus botas; con las borlas en su calzado, despeluzadas igual que su coleta, y los faldones de su levita y el pelo de la cabeza. La cadena que llevaba arrastrando lo atenazaba por la cintura. Era larga y la llevaba enrollada alrededor del cuerpo, como si fuera un tentáculo; estaba hecha (porque Scrooge la pudo observar detenidamente) con cajas de caudales, llaves, candados, libros de

Marley's Ghost.

London: Chapman & Hall, 186 Strand.

cuentas, títulos de propiedad y pesados monederos de acero. Su cuerpo era transparente, así que Scrooge, observándolo y mirando a través del chaleco, pudo ver los dos botones traseros de su levita.

Scrooge había oído decir a menudo que Marley no tenía entrañas, pero nunca lo había creído... hasta ese momento.

No, tampoco lo creyó, ni siquiera entonces. Aunque observó al fantasma de arriba abajo y de pies a cabeza, y lo veía allí plantado delante de él, aunque notaba la gélida presencia de su mirada fría como la muerte, y aunque veía claramente el tejido del pañuelo de mortaja[26] que le rodeaba la cabeza y la barbilla (en lo que no se había fijado antes), aún se negaba a creerlo y luchaba contra lo que le decían los sentidos.

—¿Y esto a qué viene? —dijo Scrooge, cáustico y gélido, como siempre—. ¿Qué quieres de mí?

—¡Todo! —Era la voz de Marley, no cabía la menor duda.

—¿Quién eres?

—Pregúntame quién *fui*.

26. Vestidura o sábana que envuelve un cadáver.

—¿Quién *fuiste*, entonces? —dijo Scrooge, levantando la voz—. Eres muy puntilloso... *por* una tontería.

Iba a decir «*para ser* una tontería», pero prefirió callarse esto último, porque le pareció más apropiado.

—En vida fui tu socio: Jacob Marley.

—¿Quieres... puedes sentarte? —preguntó Scrooge, mirándolo con suspicacia.

—Sí.

—Hazlo entonces.

Scrooge planteó la cuestión porque no sabía si un fantasma tan transparente se encontraría en condiciones de tomar asiento, y pensó que en el caso de que le resultara imposible podría darse la circunstancia de que fueran necesarias explicaciones embarazosas. Pero el fantasma se sentó finalmente frente a él, al otro lado de la chimenea, como si estuviera muy acostumbrado a hacerlo.

—No crees que exista —observó el fantasma.

—No —contestó Scrooge.

—¿Qué prueba necesitas de mi existencia, aparte de la que te proporcionan tus sentidos?

—No lo sé... —dijo Scrooge.

—¿Por qué dudas de tus sentidos?

—Porque cualquier nimiedad les afecta —dijo Scrooge—. Un pequeño malestar en el estómago los confunde. Tú puedes ser el resultado de una leve indigestión por carne, o por una cucharada de mostaza, o por una pizca de queso, o un trozo de patata mal cocida. Seas lo que seas, ¡seguro que eres más el resultado del fogón que de la fosa!

Scrooge no estaba muy acostumbrado a hacer chistes ni creía, en el fondo, que fuera gracioso en aquel preciso momento. La verdad es que intentaba ser ingenioso con el fin de distraer su propia atención y disipar su terror, porque la voz del espectro le hacía temblar hasta la médula de los huesos.

Scrooge pensó que si se quedaba allí sentado, mirando fijamente aquellos ojos helados e inmóviles, en silencio, acabaría perdiendo la partida. Además, había algo espantoso en el hecho de que el espectro tuviera su propia atmósfera infernal. Scrooge no podía notarla, pero era evidente que existía, porque aunque el fantasma permanecía allí sentado, completamente inmóvil, sus cabellos, su ropa y las borlas de sus botas se seguían agitando como si los moviera el ardiente vapor de un horno.

—¿Ves este mondadientes? —preguntó Scrooge, volviendo rápidamente a la carga, por la razón ya apuntada, y deseando, aunque sólo fuera durante un segundo, que aquella pregunta apartara de él la mirada hierática[27] e impasible de la fantasmagoría.

—Sí —contestó el espectro.

—Si no lo estás mirando... —dijo Scrooge.

—Pero lo veo —dijo el fantasma— de todos modos.

—¡Bueno! —replicó Scrooge—. Si me trago esa bola, me pasaré el resto de mis días perseguido por una legión de duendecillos, todos nacidos de mi propia invención. Paparruchas, ya te lo digo: ¡paparruchas!

En ese instante, el espíritu dejó escapar un alarido aterrador e hizo sonar su cadena con un ruido tan tétrico y espeluznante que Scrooge tuvo que sujetarse fuerte a su sillón para no caerse de miedo. Pero su terror fue mucho mayor cuando el fantasma se quitó la mortaja de la cabeza, como si le diera mucho calor llevar el pañuelo dentro de la casa, ¡y la mandíbula inferior se le desprendió y le cayó sobre el pecho!

27. Solemne e inexpresivo, que no exterioriza sentimientos.

Scrooge cayó de rodillas y se cubrió el rostro con las manos.

—¡Piedad! —exclamó—. ¡Terrible aparición!, ¿por qué me persigues?

—¡Hombre de poca fe! —replicó el fantasma—. ¿Crees ahora en mí o no?

—Sí, creo —dijo Scrooge—. Debo creer. Pero ¿por qué vienen los espíritus a este mundo? ¿Y por qué me persiguen a mí?

—A todo hombre se le exige —contestó el fantasma— que su espíritu acompañe a sus semejantes y viaje a lo largo y ancho del mundo con ellos. Y si ese espíritu no lo hace en vida, está condenado a hacerlo tras su muerte. Está condenado a vagar por el mundo, ¡ay de mí!, y ser testigo de lo que ya no puede compartir, pero podría haber compartido en el mundo, ¡y conocer lo que podría haberle proporcionado la felicidad!

El espectro, una vez más, volvió a lanzar un alarido, y agitó sus cadenas, y entrelazó amargamente sus sombrías manos.

—Estás encadenado... —dijo Scrooge, temblando—. Dime por qué.

—Cargo con la cadena que me forjé en vida —replicó el fantasma—. La forjé eslabón a eslabón, y palmo a palmo; me la ceñí por mi sola voluntad, y sólo por mi voluntad cargo con ella. ¿Te resulta extraña?

Scrooge temblaba cada vez más.

—¿O ya conoces el peso y la longitud de la dura cadena que llevas encima? Hace siete Navidades era ya tan larga y tan pesada como ésta. La has aumentado mucho desde entonces. ¡Es una cadena insoportable!

Scrooge miró a su alrededor, hacia el suelo, con el temor de verse rodeado por cincuenta o sesenta palmos de eslabones de hierro, pero no vio nada.

—Jacob —dijo suplicante—. Mi viejo amigo Jacob Marley..., dime algo, dame algún consuelo, Jacob.

—No tengo ninguno que darte —replicó el fantasma—. Eso ha de venir de otros lugares, Ebenezer Scrooge, y corresponde a otros mensajeros, y es para otro tipo de personas. Ni siquiera puedo decirte lo que querría decirte. Muy poco más se me permite. No puedo descansar, no puedo quedarme, no puedo demorarme en ningún lugar. En vida, mi espíritu nunca fue más allá de nuestro despacho de contaduría, ¡acuérdate de esto!, mi espíritu nunca traspasó los estrechos límites de nuestra cueva de usureros. ¡Ahora me esperan agotadoras peregrinaciones!

Siempre que Scrooge se ponía meditabundo, tenía la manía de meter las manos en los bolsillos del pantalón. Meditando lo que había dicho el fantasma, cumplió con su costumbre, pero sin levantar la mirada ni ponerse de pie.

—Debes de haber viajado muy lentamente, Jacob —apuntó Scrooge de un modo amablemente comercial, aunque con humildad y deferencia.

—¿Lentamente? —repitió el fantasma.

—Llevas siete años muerto —dijo pensativo Scrooge—. ¿Has estado peregrinando todo este tiempo?

—Todo el tiempo —dijo el fantasma—. Sin descanso, sin paz. Una incesante tortura de remordimientos.

—¿Y viajas deprisa? —preguntó Scrooge.

—En las alas del viento —contestó el fantasma.

—Debes de haber recorrido una gran cantidad de terreno en siete años —dijo Scrooge.

El fantasma, al oír aquello, dejó escapar otro alarido e hizo sonar sus cadenas de un modo tan espantoso en el silencio mortal de la noche que la

Guardia[28] habría tenido razones para detenerlo por molestar al vecindario.

—¡Oh!, cautivo, condenado y doblemente encadenado —exclamó el fantasma—, no sabes que las criaturas inmortales deben sufrir siglos de incesantes penurias en este mundo y hacer todo el bien del que sean capaces antes de pasar a la eternidad. No sabes que ningún espíritu cristiano que actúe caritativamente en su pequeña esfera, cualquiera que ésta sea, encontrará su vida mortal demasiado corta para sus enormes posibilidades de ser útil. ¡No sabes que no hay arrepentimiento que pueda enmendar una ocasión desaprovechada en la vida! Sin embargo, ¡eso hice yo! ¡Oh!, ¡eso hice yo!

—Pero tú siempre fuiste un buen hombre de negocios, Jacob —corrigió Scrooge, intentando aplicarse el elogio a sí mismo.

—¡Negocios! —exclamó el fantasma, entrelazando y apretándose las manos de nuevo—. ¡La humanidad tendría que haber sido mi negocio!

28. *The Ward* o los vigilantes nocturnos era un cuerpo policial de larga trayectoria en Inglaterra, destinado a mantener el orden en las calles de Londres. *(N. del t.)*

¡El bienestar común tendría que haber sido mi negocio! ¡La caridad, la compasión, la bondad, la benevolencia, todo eso tendría que haber sido mi negocio! ¡Los tratos comerciales no fueron más que una gota de agua en el inmenso océano de lo que debería haber sido mi negocio!

Sujetó la cadena con el brazo, mostrándosela en toda su longitud, como si aquello fuera la causa de todo su inútil arrepentimiento, y luego la volvió a dejar caer pesadamente en el suelo.

—En esta época del año —dijo el espectro— es cuando más sufro. ¿Por qué anduve entre la multitud de mis semejantes con la mirada esquiva y nunca la levanté hacia la estrella bendita que condujo a los Magos hasta aquella pobre morada? ¿Es que no había casas pobres hacia las que su luz podría haberme conducido *a mí*?

Scrooge se sintió consternado al comprobar que el espectro seguía hablando de aquel modo, y comenzó a temblar cada vez más.

—¡Escúchame! —exclamó el fantasma—. ¡Mi tiempo casi se ha agotado!

—¡Te escucho! —dijo Scrooge—. ¡Pero no seas duro conmigo! ¡Y no me hables con florituras, Jacob! ¡Te lo ruego!

—No te puedo decir cómo es que me he aparecido ante ti en la forma que puedes ver. He estado a tu lado muchos días, pero he sido invisible para ti.

No era una idea agradable. Scrooge tuvo un escalofrío y se secó el sudor de la frente.

—No es la parte más leve de mi penitencia —prosiguió el fantasma—. He venido esta noche para advertirte, para decirte que aún tienes una oportunidad y una posibilidad de escapar a mi mismo destino. Una oportunidad y una posibilidad que yo te puedo ofrecer, Ebenezer.

—Siempre fuiste un buen amigo —dijo Scrooge—. ¡Gracias!

—Te acosarán tres espíritus... —dijo el fantasma.

El gesto de Scrooge se desplomó casi como la mandíbula del fantasma.

—¿Ésos son la oportunidad y el favor de que me hablabas, Jacob? —preguntó, desmoralizado.

—Sí.

—Yo..., yo más bien preferiría que no... —dijo Scrooge.

—Sin sus visitas —dijo el fantasma—, jamás podrás apartarte del camino que yo he tenido que recorrer. Mañana vendrá el primero, cuando el reloj dé la una.

—¿No podrían venir juntos, y acabar con todo esto de una vez, Jacob? —sugirió Scrooge.

—El segundo vendrá la noche siguiente, a la misma hora. El tercero se presentará una noche después a la misma hora. Has de saber que no volverás a verme y, por tu bien, ¡recuerda lo que hemos hablado!

Cuando terminó de pronunciar aquellas palabras, el espectro cogió su mortaja de la mesa y se la enrolló alrededor de la cabeza, como la tenía antes. Scrooge se percató de ello por el ruido arenoso que hicieron sus dientes cuando las dos mandíbulas volvieron a encajar gracias al vendaje. Se atrevió a levantar la mirada de nuevo y se encontró con que su visitante sobrenatural estaba de pie, delante de él, con la cadena enrollada en el brazo.

La aparición comenzó a caminar hacia atrás, apartándose de él, y a cada paso que daba la ventana se abría un poco, de modo que cuando el espectro llegó a su altura estaba completamente abierta. Le hizo gestos a Scrooge para que se acercara, y éste lo hizo. Cuando se encontraban a un par de pasos uno del otro, el fantasma de Marley levantó la mano, advirtiéndole para que no se acercara más. Scrooge se detuvo.

Y no tanto por obediencia, sino por susto y temor, porque cuando el fantasma levantó la mano empezó a oír ruidos confusos, sonidos incoherentes de lamentos y amarguras, llantos indescriptiblemente tristes y arrepentidos. Tras permanecer allí durante unos instantes, el espectro de Marley se unió a aquellos coros fúnebres y salió volando hacia la oscura y gélida noche.

Scrooge se acercó a la ventana, muerto de curiosidad. Se asomó.

La noche estaba llena de fantasmas que vagaban de aquí para allá, agonizantes y sin descanso, entre quejas y lamentos. Todos llevaban cadenas, como el fantasma de Marley; algunos de ellos (puede que fueran políticos corruptos) iban encadenados juntos; ninguno vagaba libremente. A muchos de ellos los había conocido Scrooge en vida. Había tenido bastante amistad con un viejo fantasma con chaleco blanco que llevaba una monstruosa caja de caudales atada al tobillo y que lloraba lastimosamente al ser incapaz de ayudar a una pobre miserable con un niño a quien veía abajo, junto al quicio de la puerta. La desgracia, para todos ellos, era, claramente, que querían interferir, para bien, en los asuntos humanos, pero ya habían perdido para siempre esa posibilidad.

Al final, Scrooge no supo si todas aquellas criaturas se desvanecieron en la niebla o fue la niebla la que los engulló, pero tanto los espectros como sus voces fantasmales se disiparon a un tiempo, y la noche volvió a su ser tal y como era cuando él había regresado a casa.

Scrooge cerró la ventana y observó de cerca la puerta por la que había entrado el fantasma. Tenía dos vueltas de llave, porque así la había cerrado con sus propias manos, y nadie había tocado los cerrojos. Intentó decir «¡Paparruchas!», pero se detuvo en la primera sílaba. Y como estaba agotado —por las emociones que había sobrellevado, o por las fatigas del día, o por la visión del Más Allá, o por la turbadora conversación con el fantasma, o por lo avanzado de la hora—, se fue directamente a la cama, sin desvestirse, y se quedó dormido de inmediato.

ESTROFA II
El primero de los tres espíritus

Cuando Scrooge se despertó, estaba el día tan oscuro que al mirar a su alrededor apenas pudo distinguir los cristales transparentes de las ventanas y las paredes opacas de su alcoba. Estaba intentando escrutar la oscuridad con sus ojos de hurón[29] cuando las campanas de una iglesia cercana dieron los cuatro cuartos. Esperó a escuchar la hora.

Para su enorme asombro, la grave campana pasó de las seis y llegó a las siete, y de las siete pasó a las ocho, y así sucesivamente hasta las doce; y luego se detuvo. ¡Las doce! Eran más de las dos cuan-

29. Mamífero pequeño que se emplea para la caza de conejos porque se mete en sus madrigueras. Se utiliza metafóricamente para designar a personas acostumbradas a desconfiar y a descubrir lo oculto y secreto.

do se fue a la cama. ¡Aquel reloj estaba mal! Algún carámbano[30] había averiado el mecanismo. ¡Las doce!

Activó el mecanismo de su reloj de sonería[31] para corregir a aquel campanario descabellado. El rápido y leve tañido de su reloj particular dio las doce, y luego se detuvo.

—Bueno, no es posible... —dijo Scrooge—, no es posible que haya dormido todo el día entero y hasta las doce de la noche siguiente. ¡No es posible que le haya ocurrido algo al sol y que sean las doce del mediodía!

La idea era tan aterradora que saltó de la cama y avanzó a tientas hacia la ventana. Se vio obligado a raspar la escarcha del cristal con la manga del batín para poder ver algo, pero aun así pudo ver muy poca cosa. Todo lo que distinguió fue que aún seguía habiendo mucha niebla y que continuaba haciendo mucho frío, y que había desaparecido el habitual bullicio callejero y no había nadie que fuera corriendo de acá para allá, con gran

30. Trozo de hielo puntiagudo.

31. Reloj que dispone de un mecanismo que hace sonar las horas.

animación, como indudablemente habría sucedido si la noche hubiera derrotado al brillante día y se hubiese adueñado del mundo. Aquello supuso un enorme alivio, porque si no se pudieran contar los días, el «páguese por la presente a sesenta días» y todo eso se habría convertido en papel mojado.

Scrooge volvió a la cama y pensó y pensó, y volvió a pensar en ello una y otra vez, una y otra vez, aunque no sacó nada en claro. Cuanto más pensaba, más perplejo se sentía. Y cuanto más intentaba no pensar, más pensaba. El fantasma de Marley le preocupaba muchísimo. Y cada vez que decidía en su fuero interno, después de una reflexión serena, que todo había sido un sueño, su mente regresaba al punto de partida, como un muelle liberado, y le planteaba de nuevo el mismo problema sin solución: «¿Fue un sueño o no?».

Scrooge permaneció tumbado en ese estado hasta que las campanas volvieron a dar tres cuartos más, y entonces recordó, repentinamente, que el fantasma le había advertido que un espíritu lo visitaría cuando la campana diera la una. Decidió quedarse allí, tumbado y despierto, hasta que pasara la hora. Y considerando que sería igual de difícil dormirse que ir al Cielo, aquélla era tal vez la decisión más inteligente que podía tomar.

El último cuarto de hora duró muchísimo, tanto que llegó a pensar en más de una ocasión que debía de haberse quedado adormilado inconscientemente y que no había oído las campanadas. Al final, el sonido del reloj estalló en sus expectantes oídos.

¡Ding, dong!

—Un cuarto —dijo Scrooge, comenzando a contar.

¡Ding, dong!

—La media —murmuró.

¡Ding, dong!

—Menos cuarto —prosiguió Scrooge.

¡Ding, dong!

—En punto los cuatro cuartos —dijo Scrooge con aire triunfal—, ¡y no pasa nada!

Dijo aquello antes de que el reloj diera la hora, que finalmente sonó con un toque profundo, ronco, grave y melancólico: LA UNA. Una luz relampagueó durante un instante en la alcoba y las cortinas del dosel se descorrieron.

Las cortinas del dosel se descorrieron, os lo digo yo, porque una mano lo hizo. No eran las cortinas de los pies, ni las cortinas del cabecero, sino las que estaban delante de su cara. Las cortinas del dosel se descorrieron, y Scrooge, asustado y medio incorporado en la cama, se encontró cara a cara con el sobrenatural visitante que las había abierto, y estaba tan cerca como estoy yo ahora de ti, ¡porque yo estoy ahora mismo, en espíritu, a tu lado!

Era una extraña figura..., como un niño; sin embargo, no era tanto un niño como un anciano visto a través de un medio sobrenatural que le confería la apariencia de haberse alejado y de haber adquirido proporciones infantiles. Sus cabellos, que colgaban por la nuca y por la espalda, eran blancos como las canas propias de la edad, y sin embargo su rostro no tenía ni una sola arruga y la piel lucía con la lozanía más tersa. Los brazos eran largos y musculosos; las manos también, como si su puño tuviera una fuerza extraordinaria. Sus piernas y sus pies, torneados con una elegancia singular, eran como los miembros superiores, y estaban desnudos. Vestía una túnica de un blanco purísimo y un deslumbrante cinturón cuyo brillo era precioso. Llevaba en la mano una ramita de acebo fresco y, en franca contradicción con aquel símbolo invernal, su túnica venía adornada con flores estivales. Pero lo más extraño era que de la corona que llevaba en la cabeza salía un brillante rayo de luz, gracias a lo cual se podía ver todo lo demás; y sin duda, cuando deseaba permanecer a oscuras, debía colocarse el apagavelas con forma de sombrero que en ese momento llevaba bajo el brazo.

Sin embargo, cuando Scrooge lo miró con detenimiento, observó que, a pesar de todo, ese *no* era su rasgo más extraordinario. Porque su cinturón lanzaba destellos y refulgía en una parte o en otra indistintamente, y lo que ahora era luz, al instante siguiente era oscuridad, de modo que la figura fluctuaba en su grado de nitidez: en un momento dado era un ser con un brazo, luego con sólo una pierna, luego con veinte piernas, luego con un par de piernas sin cabeza, luego una cabeza sin cuerpo, del cual se difuminaban algunas partes, sin que hubiera un perfil visible en el denso resplandor en el que se fundían. Y en cada una de aquellas maravillas, el ser seguía siendo él mismo, distinto y claro como siempre.

—Señor, ¿eres el espíritu que, como se me advirtió, iba a venir? —preguntó Scrooge.

—¡Sí!

La voz era dulce y amable..., extrañamente baja, como si, en vez de estar muy cerca de él, estuviera a cierta distancia.

—¿Quién y qué eres? —preguntó Scrooge.

—Soy el fantasma de las Navidades pasadas.

—¿Pasadas? ¿De hace mucho tiempo? —Quiso saber Scrooge, calculando la enana estatura del espíritu.

—No. De tu pasado.

Seguramente Scrooge no le podría haber dicho a nadie por qué, si es que alguien se lo hubiera preguntado, pero tenía muchísimas ganas de ver al espíritu con el gorro, y le pidió que se lo pusiera.

—¿Qué? —exclamó el fantasma—. ¿Ya quieres apagar, con tus manos mundanas, la luz que traigo conmigo? ¿No es suficiente que seas uno de esos con cuyas pasiones se fabrican matacandelas[32] como éste, que me obligan a llevar calado hasta las cejas a lo largo de años y años?

Scrooge, humildemente, negó tener ninguna intención de ofender al espíritu y negó que hubie-

32. Apagavelas.

ra deseado mantener «ensombrerado» al espíritu en ningún momento de su vida. Después, se atrevió a preguntarle qué asuntos le llevaban hasta su alcoba.

—¡Tu felicidad! —dijo el fantasma.

Scrooge dijo que le estaba muy agradecido, pero que no podía evitar pensar que una larga noche de descanso ininterrumpido habría contribuido de una forma más eficaz a ese fin. El espíritu debió de averiguar su pensamiento, porque dijo inmediatamente:

—¿Ésa es tu queja entonces? ¡Ahora verás!

Y adelantó su imponente mano mientras hablaba, y lo agarró suavemente por el brazo.

—¡Levántate! ¡Y ven conmigo!

Habría sido en vano que Scrooge suplicara que el mal tiempo y la hora no eran propicios para ir a dar un paseo, que la cama estaba caliente y el termómetro muy por debajo del punto de congelación, que estaba vestido, pero que sólo llevaba unas zapatillas, un batín y un gorro de dormir, y que estaba un poco resfriado. Aquella mano, aunque delicada como la de una mujer, era implacable. Se levantó, pero viendo que el espíritu se dirigía hacia la ventana se aferró suplicante a su túnica.

—¡Soy mortal! —protestó Scrooge—. ¡Y me voy a caer!

—Déjame que te toque con mi mano... *aquí* —dijo el espíritu, colocándola sobre el corazón de Scrooge— ¡y te evitaré ese peligro y mucho más!

Mientras pronunciaba esas palabras, traspasaron una pared y aparecieron en un camino, en campo abierto, con terrenos a uno y otro lado. La ciudad se había desvanecido por completo. No quedaba ni un vestigio de ella. La oscuridad y la niebla también se habían disipado, porque hacía un día claro, frío e invernal, y había nieve en los campos.

—¡Santo Dios! —dijo Scrooge, entrelazando las manos mientras observaba el panorama a su alrededor—. Yo me crie en este lugar. ¡Yo viví aquí siendo niño!

El espíritu le lanzó una mirada amable. Su tacto suave, aunque había sido casi imperceptible y momentáneo, parecía haberse transmitido a los sentimientos del viejo. Era consciente de los mil olores que flotaban en el aire, cada uno de ellos relacionado con otro millar de ideas, esperanzas, alegrías y preocupaciones olvidadas... ¡Oh, hacía tanto y tanto tiempo...!

—Tiemblan tus labios —dijo el fantasma—. ¿Y qué es eso que cae por tu mejilla?

Scrooge murmuró algo con un tono de voz bastante inusual, y dijo que no era más que un grano, y rogó al espíritu que lo llevase donde deseara.

—¿Te acuerdas de este camino?

—¿Acordarme? —exclamó emocionado Scrooge—. ¡Podría recorrerlo con los ojos cerrados!

—¡Es extraño que lo hayas olvidado durante tanto tiempo! —suspiró el fantasma—. ¡Vamos!

Avanzaron por el camino. Scrooge era capaz de reconocer cada cancela, cada esquina, cada árbol, hasta que una pequeña ciudad apareció en la distancia, con su mercado, su puente, su iglesia y su serpenteante río. Vieron a varios ponis lanudos trotando hacia ellos, con algunos muchachos montados a horcajadas en sus lomos, y llamaban a otros chicos que iban en carros campesinos y en carrozas, guiados por granjeros. Todos aquellos muchachos estaban felices y contentos, y se gritaban unos a otros, hasta que todo el campo se llenó de músicas tan festivas que hasta el aire helado se divertía al oírlas.

—No son más que sombras de lo que fueron —dijo el fantasma—. No son conscientes de nuestra presencia aquí.

Los alegres viajeros continuaron avanzando, y a medida que se acercaban Scrooge fue identificando y nombrando a cada uno de ellos. ¿Por qué al verlos se alegraba infinito? ¿Por qué su mirada gélida brillaba y su corazón se emocionaba a su paso? ¿Por qué pareció colmarse de alegría cuando los oyó desearse «Feliz Navidad» cuando se despedían en los cruces de caminos y en los senderos, camino de sus casas...? Pero ¿qué era una «Feliz Navidad» para Scrooge? ¡Al demonio con las felices Navidades! ¿Qué había sacado él de todo aquello?

—La escuela no se ha quedado del todo vacía... —dijo el fantasma—. Un niño solitario, olvidado por sus compañeros, aún sigue allí.

Scrooge dijo que ya lo sabía. Y comenzó a sollozar.

Salieron del camino real para tomar un sendero que Scrooge recordaba bien y no tardaron en acercarse a una mansión de ladrillos de un rojo apagado, con una pequeña veleta que adornaba la cupulilla del tejado, en la que había una campana. Era una casona grande, como una mansión de propietarios arruinados. Las zonas de servicio estaban muy poco utilizadas, los muros se habían humedecido y tenían musgo, los cristales de las ventanas estaban rotos y las puertas, desvencijadas. Las gallinas cacareaban y deambulaban por los establos, y las cocheras y los cobertizos estaban llenos de maleza. El interior de la casa tampoco conservaba mucho de su estado original; al entrar en el siniestro vestíbulo y echar un vistazo por las puertas abiertas de varias habitaciones, comprobaron que tenían un mobiliario escaso, y parecían frías y desangeladas. Había un olor terroso en el ambiente, una gélida desnudez en el lugar que parecía indicar de algún modo que allí la gente madrugaba mucho pero no había demasiado que comer.

El fantasma y Scrooge siguieron avanzando por el vestíbulo hasta que llegaron a una puerta, en la parte trasera de la casa. La abrieron y descubrieron una sala amplia, vacía y triste, que parecía aún más lúgubre por las filas de sencillos bancos corridos y pupitres. En uno de ellos había un muchacho solitario, leyendo, junto a una chimenea mortecina. Scrooge se sentó en un banco y lloró al verse a sí mismo, pobre y abandonado, tal y como era antaño.

No fueron sino los recuerdos implícitos en la visión de la casa, los chillidos y las algaradas de los ratones tras las paredes revestidas de madera, la gota que se descongelaba del grifo en el sombrío patio trasero, el suspiro del viento entre las ramas desnudas de un álamo abatido, el perezoso balanceo de la puerta en un cobertizo o el chisporroteo en la chimenea lo que se derramó en el corazón de Scrooge con benéfica influencia y abrió las puertas de las lágrimas, que resbalaron entre sus dedos mientras se cubría el rostro con las manos.

El espíritu le tocó el brazo y señaló al joven Scrooge, ocupado en la lectura. De repente, un hombre con atuendo extranjero —increíblemente real y distinguible— apareció al otro lado de la ventana, con un hacha colgando del cinturón y guiando por la brida a un burro cargado con leña.

—¡Bueno...! ¡Es Alí Babá! —exclamó Scrooge emocionado—. ¡Es el bueno de Alí Babá! ¡Sí, sí..., lo conozco! Una Navidad, cuando yo..., cuando él..., cuando ese crío de ahí se quedó solo en este lugar, Alí Babá *vino*..., vino por primera vez, igual que ahora. ¡Pobre muchacho! Y Valentín —dijo Scrooge—, y su feroz hermano Orson..., ¡ahí están! ¿Y cómo se llamaba aquel al que dejaron sin pantalones, dormido, a las puertas de Damasco? ¿No lo ves? ¡Y el caballerizo del sultán, al que puso boca abajo el genio..., ¡ahí está, cabeza abajo! ¡Le estuvo bien empleado! ¡Me alegro! ¿Qué d*** pretendía queriéndose casar con la princesa?[33]

Escuchar a Scrooge empleando toda la severidad de su carácter en semejantes temas, con una voz tan exaltada, entre la risa y el llanto, y ver su rostro congestionado y excitado... ¡habría sorprendido a sus colegas de negocios en la City, desde luego!

—¡Ahí está el loro! —exclamó Scrooge—. Con las plumas del cuerpo verdes y con la cola amarilla, y con una especie de lechuga saliéndole en lo alto de la cabeza: ¡ahí está! «Pobre Robin Crusoe»,

33. La conocida historia de *Alí Babá y los cuarenta ladrones* suele incluirse, aunque con dudas, en la colección de cuentos orientales de *Las mil y una noches*. El relato medieval *Valentin et Orson* es de origen francés y cuenta la historia de dos hermanos mellizos que fueron abandonados en el bosque siendo niños: uno se convirtió en cortesano y el otro, Orson, fue criado por un oso y se convirtió en un salvaje. *(N. del t.)*

eso fue lo que le dijo cuando el náufrago regresó después de rodear la isla. «Pobre Robin Crusoe. ¿Dónde has estado, Robin Crusoe.» El hombre pensaba que estaba soñando, pero no. Era el loro, ¿sabes? Ahí va Viernes... corriendo para salvar la vida hacia la pequeña ensenada. ¡Vamos! ¡Corre! ¡Vamos![34]

Entonces, con un cambio repentino muy extraño, distinto de su comportamiento habitual, dijo, sintiendo lástima por su *yo* de antaño:

—Pobre muchacho. —Y volvió a llorar—. Ojalá... —balbuceó Scrooge, metiendo la mano en el bolsillo y mirando a su alrededor, tras secarse los ojos con la manga—, pero ya es tarde.

—¿Qué ocurre? —preguntó el espíritu.

—Nada —contestó Scrooge—. Nada. La noche pasada un niño estuvo cantando villancicos en mi puerta. Ojalá le hubiera dado algo. Eso es todo.

El fantasma sonrió pensativamente y agitó la mano, como si quisiera quitarle importancia, y luego añadió:

34. De la novela de Daniel Defoe, *Robinson Crusoe* (1719). *(N. del t.)*

—¡Veamos otras Navidades!

El joven Scrooge creció a medida que pronunciaba esas palabras y el aula se convirtió en una sala un poco más oscura y más sucia. El revestimiento de madera desapareció, las ventanas crujieron, algunos pedazos de escayola cayeron del techo y las vigas de madera, antes ocultas, quedaron al descubierto. ¿Cómo se había operado semejante cambio? Scrooge no podría explicarlo mejor que el lector. Lo único que sabía era que todo era completamente cierto, que todo había ocurrido así, que él estaba allí, solo otra vez, cuando todos los demás chicos se habían ido ya a casa para disfrutar de unas alegres vacaciones.

Ahora no estaba leyendo, sino dando vueltas por la sala, arriba y abajo, desesperado. Scrooge miró al fantasma y con un triste gesto de negación miró hacia la puerta con inquietud.

Se abrió y una niña pequeña, mucho más joven que el muchacho, entró corriendo y fue a abrazarlo y a besarlo, llamándolo «Queridísimo hermano».

—¡He venido para llevarte a casa, querido hermano! —dijo la niña, dando palmadas con sus manitas y echándose a reír a carcajadas—. ¡Te voy a llevar a casa! ¡A casa! ¡A casa!

—¿A casa..., pequeña Fan? —preguntó el muchacho.

—¡Sí! —contestó la niña, rebosante de alegría—. A casa, y ya para siempre. A casa para siempre, para siempre jamás. Padre está mucho más amable que antes, ¡así que en casa se está maravillosamente! Me estuvo hablando muy cariñosamente una noche, cuando me iba a ir a la cama, y me dijo que no temiera preguntarle una vez más si tú podrías volver, y luego dijo que sí ibas a volver, y me envió en un coche para llevarte de nuevo a casa. ¡Y ya eres un hombre! —dijo la niña, abriendo mucho los ojos—, y ya nunca tendrás que volver aquí. Pero, lo primero: vamos a estar juntos todas las Navidades y vamos a pasar los días más felices del mundo.

—Ya estás hecha una mujercita, pequeña Fan —exclamó el muchacho.

Ella dio unas palmadas y se echó a reír, e intentó tocarle la cara, pero como era tan pequeña no alcanzaba; se volvió a reír y se puso de puntillas para abrazarlo. Luego empezó a tirar de él hacia la puerta con vehemencia infantil, y él, con gesto de no estar muy predispuesto a hacerlo, la acompañó.

Una terrible voz se oyó en el vestíbulo.

—¡Bajad inmediatamente aquí el baúl del señor Scrooge!

En el vestíbulo apareció el mismísimo maestro, que lanzó al joven Scrooge una mirada de feroz condescendencia y lo sumió en un estado de temor al darle la mano. Luego condujo a él y a su hermana al salón más viejo y aterrador que se haya visto jamás, donde los mapas que colgaban de la pared y los globos celestes y terrestres de las ventanas estaban amarillos de frío. Entonces, el maestro sacó una garrafa de vino particularmente ligero y un trozo de pastel particularmente duro, y administró a los dos jóvenes ciertas porciones de aquellas delicias culinarias. Al mismo tiempo, envió a un escuálido criado a que le ofreciera un vaso de «algo» al postillón[35] del carruaje, que contestó que se lo agradecía mucho al caballero, pero que si iba a ser lo mismo que le habían dado otras veces prefería no tomar nada. Una vez que acomodaron el baúl del joven señor Scrooge en lo alto del carrua-

35. Mozo que iba a caballo, bien delante de las postas para guiar a los caminantes, bien delante de un tiro para conducir al ganado.

je, los muchachos se despidieron del maestro muy felices y, montándose en el vehículo, cruzaron alegremente el abandonado jardín; las veloces ruedas convertían en miles de gotas de rocío la escarcha y la nieve de la hierba quemada por el frío.

—Siempre fue una criatura delicada, a la que una leve brisa podría marchitar —dijo el fantasma—. ¡Pero tenía un gran corazón!

—Sí, así es —lloró Scrooge—. Es verdad. No voy a negarlo, espíritu. ¡Dios no lo permita!

—Murió siendo ya mujer —dijo el fantasma—, y tuvo hijos, me parece.

—Tuvo un niño —contestó Scrooge.

—Cierto... —dijo el fantasma—. ¡Tu sobrino!

Scrooge pareció incómodo al darse cuenta de ello y contestó con un gruñido.

—Sí.

Aunque apenas hacía un instante que habían abandonado la vieja escuela, de repente se encontraban en las ajetreadas calles de una ciudad, donde una multitud interminable de viandantes sombríos iban y venían, donde lúgubres carros y carruajes pugnaban por adelantarse en la vía, y donde se daban las constantes contiendas y tumultos de una gran ciudad. Era evidente, por los adornos de las tiendas, que allí también era Navidad de nuevo, pero era ya de noche y las calles estaban iluminadas.

El fantasma se detuvo ante la puerta de cierto taller y le preguntó a Scrooge si lo conocía.

—¡Lo conozco! —dijo Scrooge—. ¡Yo fui aprendiz aquí!

Entraron. Cuando vieron a un viejo caballero con una peluca galesa,[36] sentado tras un escritorio tan elevado que si el hombre hubiera sido dos pulgadas más alto se habría golpeado la cabeza con el techo, Scrooge exclamó con notable emoción:

—¡Pero bueno! ¡Si es el viejo Fezziwig! ¡Dios lo bendiga! ¡Fezziwig está otra vez vivo!

El viejo Fezziwig dejó la pluma en la mesa y miró el reloj, que marcaba las siete. Se frotó las manos, se ajustó su enorme capote, se rio de buena gana para sí mismo, disfrutando desde los zapatos hasta el órgano de la benevolencia, y exclamó con su agradable, animada, robusta, fuerte y jovial voz:

—¡Ho-ho-ho! ¡Atención! ¡Ebenezer! ¡Dick!

36. La «peluca galesa» (*welsh* o *welch wig*) es una especie de gorro de lana basta que simula rizos de cabello en la parte posterior. *(N. del t.)*

El Scrooge de antaño, convertido en un hombre joven, se acercó de inmediato, acompañado de su compañero aprendiz.

—¡Ése es Dick Wilkins, estoy seguro! —le dijo Scrooge al fantasma—. ¡Vaya, que Dios me bendiga...! Ahí está... ¡Ah! Me quería mucho, Dick. ¡Pobre Dick! ¡Mi querido, mi querido Dick!

—¡Ho-ho-ho! ¡Mis muchachos! —dijo Fezziwig—. Se acabó el trabajo por hoy. Es Nochebuena, Dick. ¡Es Navidad, Ebenezer! ¡Echemos el cierre de una vez —exclamó el viejo Fezziwig, dando una fuerte palmada—, antes de que nadie pueda decir Jack Robinson![37]

¡Es difícil creer con qué disposición los dos muchachos se pusieron a ello! ¡Salieron a la calle con las contraventanas —uno, dos, tres—, las colocaron en sus lugares —cuatro, cinco, seis—, las engarzaron y las cerraron —siete, ocho, nueve—, y regresaron antes de que se pudiera llegar a contar doce, jadeando como caballos de carreras.

—¡Ahí, ahí, ho-ho-ho! —exclamó el viejo Fezziwig, saltando desde su altísimo escritorio con fa-

37. Expresión de origen inglés: «Hacer algo antes de que uno pueda decir Jack Robinson». *(N. del t.)*

bulosa agilidad—. ¡Haced sitio, mis muchachos, necesitamos mucho espacio aquí mismo! ¡Ahí, ho-ho-ho, Dick! ¡Venga, venga, venga, Ebenezer!

¿Hacer sitio? No hubo nada que no retiraran o no pudiesen retirar de en medio, con el viejo Fezziwig mirando. Lo hicieron en un minuto. Apartaron todos los muebles, como si fueran a quedar condenados a no volver a participar de la vida pública jamás; barrieron y fregaron el suelo, despabilaron las lámparas, apilaron la madera y el carbón junto a la chimenea, y el taller se convirtió en un amplio, cálido, limpio y brillante salón de baile, tanto como cualquiera pudiera desear en una noche de invierno.

Vino un violinista con unas partituras y se subió al pupitre elevado, convirtiéndolo en una orquesta, y afinó como si estuvieran matando a cincuenta gatos. Vino también la señora Fezziwig, una enorme y oronda sonrisa. Vinieron las tres señoritas Fezziwig, resplandecientes y encantadoras. Vinieron los seis jóvenes pretendientes cuyos corazones habían roto dichas damas. Vinieron todos los jóvenes, hombres y mujeres, que trabajaban en el negocio. Vino el ama de llaves con su prima la panadera. Vino la cocinera, con el amigo particular de su hermano, el lechero. Vino el criado del otro lado de la calle, del que se sospechaba que no recibía la suficiente comida por parte de su patrón, e intentó ocultarse tras la sirvienta que trabajaba en la puerta de al lado, de la cual se decía —y parecía demostrado— que su señora le tiraba de las orejas. Vinieron todos, en fin, uno tras otro, unos con timidez, otros con alboroto, unos con gracia, otros con torpeza; unos empujando, otros siendo empujados. Vinieron todos, y entraron de un modo u otro. Cuando todos hubieron llegado, se formaron de inmediato veinte parejas, giraron cogidas de las manos y luego dieron media vuelta; brincaron hacia un lado, y luego hacia el otro. Dieron vueltas y vueltas en varias etapas y en animada cooperación; la pareja del principio giró en el lugar equivocado, la siguiente quiso arreglar el desaguisado cuando le llegó su turno; todas las demás siguieron a la última, y no a la primera. Cuando se llegó a esa situación, el viejo Fezziwig, dando unas palmadas, detuvo el baile y exclamó: «¡Muy bien!», y el violinista se lanzó de cabeza hacia una jarra de cerveza barata especialmente dispuesta para él a tal efecto. Pero, despreciando el descanso en pro de su reaparición, enseguida comenzó de nuevo a darle al violín, allí donde se habían quedado los danzantes, como si al otro violinista se lo hubieran llevado a casa, agotado, en parihuelas,[38] y él fuera un hombre totalmente nuevo dispuesto a hacer olvidar al otro o a morir.

Hubo más bailes, y hubo juegos de prendas, y más bailes, y hubo pastel, y hubo ponche, y hubo un gran pedazo de carne asada y de fiambre, y hubo un enorme trozo de carne guisada, y pastel de Navidad con carne picada, y toda la cerveza imaginable. Pero la mayor sorpresa de la noche llegó después de la carne, asada y guisada, cuando el violinista (¡un condenado artista, ya lo creo!, el tipo de hombre que conoce su oficio mejor de lo que cualquiera de nosotros podríamos haber imaginado) empezó a tocar *Sir Roger de Coverley*.[39] Entonces, el viejo Fezziwig salió a bailar con la señora Fezziwig. Formaron pareja de apertura, lo cual era un considerable trabajo para ellos, porque había veintitrés o veinticuatro parejas más y era gente

38. Artilugio compuesto de dos varas gruesas con unas tablas atravesadas en medio donde se coloca una carga para llevarla entre dos.

39. *Sir Roger de Coverley* es una danza inglesa y escocesa del siglo XVII y cuyos pasos imitan la caza del zorro. *(N. del t.)*

a la que no se le podía engañar, gente que iba a *bailar* y que no pensaba ir *caminando*.

Pero aunque hubiera tenido que lidiar con el doble de parejas —ah, incluso el cuádruple—, el viejo Fezziwig habría estado sin duda a la altura, y lo mismo se puede decir de la señora Fezziwig. Porque respecto a *ella*, puede decirse que era una compañera perfectamente digna en todos los sentidos. Si ése no es un gran elogio, decidme uno mejor y lo utilizaré. Un hermoso lustre parecía desprenderse de las pantorrillas de Fezziwig. Brillaban, en cada fase del baile, como verdaderas lunas. No se hubiera podido predecir, en un momento dado, en qué se convertirían a continuación. Y cuando el viejo Fezziwig y la señora Fezziwig completaron la danza —hacia delante y hacia atrás, reverencia y cortesía, tirabuzón, enhebrado y vuelta a empezar—, Fezziwig hizo «la tijereta», y la hizo con tanta destreza que parecía estar parpadeando con las piernas, y luego volvió a caer sobre sus pies sin tambalearse lo más mínimo.

Cuando el reloj dio las once, aquel baile doméstico se dio por concluido. El señor y la señora Fezziwig ocuparon sus posiciones respectivas, uno a cada lado de la puerta, y fueron dando la mano a todos los que se iban, personalmente, y deseándoles feliz Navidad. Cuando todo el mundo se hubo retirado, salvo los dos aprendices, hicieron lo mismo con ellos. Y de este modo concluyó la alegre algarabía navideña, y los muchachos se fueron a la cama, que estaba bajo un mostrador en la trastienda.

Durante todo ese tiempo, Scrooge actuó como un hombre que hubiera perdido el juicio. Tanto su alma como su corazón participaron de la escena con su antiguo yo. Asentía a todo lo que ocurría, lo recordaba todo, lo disfrutaba todo y lo vivía con una emoción muy extraña. No fue hasta aquel momento, cuando las brillantes caras de su antiguo yo y de Dick se volvieron hacia él, que recordó que estaba con un fantasma, y entonces fue consciente de que éste estaba mirándolo atentamente, mientras el rayo de luz de su cabeza brillaba con luminosidad.

—¡Con qué poca cosa se puede conseguir que esos tontos estén agradecidos! —dijo el fantasma.

—¿Poca cosa? —repitió Scrooge.

El espíritu le hizo un gesto para que escuchara a los dos aprendices, que estaban elogiando de todo corazón a Fezziwig, y después dijo:

—Bueno, ¿no te parece poca cosa? No se ha gastado más que unas cuantas libras de vuestro dinero mortal..., tres o cuatro, tal vez. ¿Por esa nimiedad se merece tantas alabanzas?

—No es por eso —dijo Scrooge, picado por la observación y hablando inconscientemente como su antiguo yo, no como el viejo Scrooge—. No es por eso, espíritu. Fezziwig tiene la potestad de hacernos felices o infelices, hacer que nuestro trabajo sea agradable o insoportable, un placer o un castigo. Digamos que su poder reside en las palabras y en las miradas, en gestos tan leves e insignificantes que es imposible valorarlos y contarlos..., ¿y qué? La felicidad que nos proporciona es tan enorme como si costara una fortuna...

Notó entonces la mirada del espíritu, y se detuvo.

—¿Qué ocurre? —preguntó el fantasma.

—Nada de particular —dijo Scrooge.

—Me parece que sí... —insistió el fantasma.

—No —repitió Scrooge—. No. Sólo que me gustaría decirle un par de cosas a mi secretario en estos momentos. Eso es todo.

El joven Scrooge apagó las luces mientras el viejo expresaba aquel deseo, y tanto él como el fantasma aparecieron nuevamente juntos en el exterior.

—Ya casi no me queda tiempo —observó el espíritu—. ¡Deprisa!

Pero eso no se lo decía a Scrooge, ni a nadie que éste pudiera ver, aunque de todos modos produjo un efecto inmediato, porque Scrooge pudo verse de nuevo a sí mismo. Era mayor ahora: un hombre en la madurez de su vida. Su rostro no tenía la dureza y las feroces arrugas de los últimos años, pero había empezado a adquirir los rasgos de la preocupación y la avaricia. Había destellos de ansiedad, de codicia y de inquietud en su mirada, que mostraban que el egoísmo había echado raíces y que aquel árbol seguiría creciendo y ensombrecería su frente.

No estaba solo. Se encontraba al lado de una joven muy guapa vestida de luto, en cuyos ojos había lágrimas que centelleaban a la luz del fantasma de las Navidades del pasado.

—Ya poco importa —decía, con voz muy suave—. Y para ti, muy poco. Otro ídolo me ha desplazado. Y si puede hacerte feliz y consolarte, como yo lo habría intentado, no tengo ninguna razón para quejarme.

—¿Qué ídolo te ha desplazado? —replicó el caballero Scrooge.

—Un ídolo de oro.[40]

—¡Así es como funciona el mundo! —dijo—. ¡No hay nada que el mundo desprecie más que la miseria y no hay nada que condene con más rigor que la búsqueda de la riqueza!

—Te preocupa mucho lo que piense el mundo —contestó ella, amablemente—. Todas tus esperanzas se han reducido a la obsesión de que no se te hagan esos reproches. Yo he visto cómo tus nobles aspiraciones caían una tras otra, hasta que esa pasión voraz, el deseo de ganar dinero, te ha absorbido por completo. ¿O no es así?

—¿Y qué? —replicó Scrooge—. Si me he convertido en una persona mucho más prudente, ¿qué tiene eso de malo? Mis sentimientos hacia ti no han cambiado.

Ella negó con la cabeza.

—¿Han cambiado? —preguntó Scrooge

—Nuestro compromiso es antiguo —dijo la joven—. Lo hicimos cuando éramos pobres y no nos importaba serlo, hasta que, por suerte, pu-

40. La referencia es del Éxodo, cuando los israelitas funden todo su oro para fabricar un becerro —cría de la vaca— al que adorar. *(N. del t.)*

dimos mejorar nuestra fortuna material gracias a nuestro paciente trabajo. *Has cambiado*. Cuando formalizamos nuestro compromiso eras otro hombre.

—¡Era un crío! —dijo Scrooge con impaciencia.

—Tus propios sentimientos te confirmarán que entonces no eras lo que eres hoy —replicó la joven—. Yo sigo siendo la misma. Tus propios sentimientos te dirán que lo que nos prometía la felicidad cuando pensábamos igual sólo nos amenaza con desgracias ahora que pensamos distinto. No puedo decirte cuánto y cuán profundamente he pensado en todo esto. Pero baste con decirte que lo he pensado bien y que te libero de nuestro compromiso.

—¡Yo nunca he querido liberarme de ese compromiso!

—De palabra, no. Nunca.

—¿Y cómo, entonces?

—Cambiando tu carácter, cambiando tu alma, cambiando tu modo de vivir, cambiando tus esperanzas y deseos. Cambiando todo lo que hacía que mi amor fuera digno o tuviese algún valor ante ti. Si no hubiera habido nada de eso entre nosotros

—dijo la muchacha, mirando con ternura, pero con firmeza, al joven Scrooge—, dime: ¿me pretenderías e intentarías conseguirme ahora? ¡Pues claro que no!

Pareció que Scrooge admitía que tal suposición era cierta, muy a su pesar. Pero, debatiéndose internamente, dijo:

—Eso no lo piensas de verdad.

—Me gustaría pensar de otra forma, si pudiera —contestó—. ¡El Cielo y mi alma bien lo saben! Cuando me di cuenta de la verdad, también supe lo fuerte e irresistible que debe de ser. Si fueras libre hoy, mañana, ayer, ¿podría creer que tú ibas a elegir a una muchacha huérfana y sin dote? ¿Tú, que siendo absolutamente sincero con ella, todo lo valoras dependiendo de las ganancias? O si la eligieras a ella, si por casualidad fueras lo suficientemente desleal a tu único principio vital para actuar así, ¿no sé yo bien que lo lamentarías y te arrepentirías inmediatamente? Lo sé. Y por eso te libero de tu compromiso... de todo corazón, por el amor que le tuve a aquel que fuiste una vez...

El joven Scrooge estuvo a punto de decir algo, pero ella le volvió la cara y añadió:

—Puede que esto te apene..., el recuerdo del pasado casi me permite confiar en que sea así. Pero pronto, muy pronto, acabarás despreciando incluso esos recuerdos, alegremente, como un sueño ridículo del cual por suerte te pudiste despertar. ¡Ojalá seas feliz con la vida que has escogido!

Se levantó y se fue. Y se separaron.

—¡Espíritu! —dijo Scrooge—, ¡no me enseñes nada más! Llévame a casa. ¿Por qué te complaces en torturarme?

—¡Sólo un episodio más! —exclamó el fantasma.

—¡Nada más! —exclamó Scrooge—. Nada más. No quiero verlo. ¡No me enseñes nada más!

Pero el implacable fantasma lo sujetó por los brazos y le obligó a mirar lo que ocurrió después.

Se encontraban ante otra escena y otro lugar: un salón, ni muy grande ni muy lujoso, pero lleno de comodidades. Junto a la chimenea invernal se encontraba una joven muy hermosa, tan parecida a la última que Scrooge pensó que sería la misma, hasta que la observó mejor, ahora convertida en una atractiva matrona, sentada frente a su hija. El alboroto en la salita era verdaderamente tumultuoso, porque había más niños allí de los que Scrooge, en su estado de nervios, podía contar. Y, a diferencia del celebrado rebaño del poema,[41] no había cuarenta niños que se comportaran como uno solo, sino que cada crío se comportaba como si fueran cuarenta. La consecuencia era un escándalo inimaginable, aunque a nadie parecía preocuparle. Por el contrario, la madre y la hija se reían de buena gana y disfrutaban mucho de la algarabía. Y la segunda, que no tardó en mezclarse en los juegos de los críos, fue asaltada por los jóvenes forajidos del modo más despiadado. ¡Qué no habría dado yo por ser uno de ellos... aunque yo nunca hubiera sido tan rudo, ni hablar! Ni por todo el oro del mundo habría desordenado aquellas trenzas ni tirado de ellas. Y respecto a aquel delicado zapatito, ¡Dios bendito, yo nunca lo habría robado, ni aunque de ello dependiera mi vida! Y respecto a lo de rodear su cintura por diversión, como ellos hacían, descarada barahún-

41. Es una referencia al poema de William Wordsworth «Written in March» (Escrito en marzo), que al final de la primera estrofa dice: «*The cattle are grazing, / Their heads never raising: / There are forty feeding like one!*» («El ganado está pastando, / nunca levantan la cabeza: / ¡son cuarenta comiendo como una sola!»). *(N. del t.)*

da,[42] jamás lo habría hecho: temería que, como castigo, mi brazo se quedara doblado para siempre y que no se volviera a enderezar jamás. Y sin embargo, me habría gustado muchísimo, lo reconozco, tocar sus labios, preguntarle algo para que pudiera abrirlos, deleitarme en las pestañas de sus ojos cerrados y nunca provocar su rubor, deshacer las ondas de su pelo (una pulgada de sus cabellos sería un recuerdo valiosísimo). En resumen, me habría gustado, lo confieso sinceramente, haber gozado de las inocentes confianzas de un niño y, sin embargo, ser lo suficientemente adulto como para conocer su valor.

Pero entonces se pudo oír que llamaban a la puerta, e inmediatamente se organizó una avalancha que la joven observó con el gesto sonriente y el vestido desaliñado, al tiempo que la colocaban en el centro de aquel grupo escandaloso y sofocado, justo a tiempo para dar la bienvenida al padre, que, atendiendo a una costumbre familiar de Nochebuena, llegaba a casa acompañado por un hombre cargado con juguetes y regalos navideños. ¡Entonces hubo gritos y forcejeos, y un

42. Gran confusión, ruido y desorden.

asalto en toda regla contra el indefenso porteador de los regalos! Lo escalaron con sillas, en vez de escaleras, para hurgar en sus bolsillos, lo despojaron de los paquetes envueltos en papel de estraza, se colgaron de su corbata, rodearon su cuello con los brazos, lo aporrearon en la espalda y le patearon las piernas con un cariño irreprimible. ¡Con qué gritos de asombro y felicidad se recibían los regalos cuando se desenvolvían! ¡Qué terrible conmoción cuando se anunció que el más pequeño había sido sorprendido llevándose a la boca una sartén de juguete y era más que sospechoso de haberse tragado un pavo de mentira junto a su bandeja de madera! ¡Qué inmenso alivio cuando se descubrió que todo era una falsa alarma! ¡Qué alegrías, que gratitudes, qué emociones! ¡Todas indescriptibles! Será suficiente decir que poco a poco los niños y sus emociones fueron abandonando el salón y, subiendo juntos las escaleras, se acomodaron en el piso superior de la casa, y allí se metieron en sus camas y se tranquilizaron.

Y entonces Scrooge observó la escena más atentamente que nunca, cuando el señor de la casa, con la hija colgada de su cuello en todo momento, se sentó junto a ella y su madre frente a la chimenea. Y cuando pensó que una criatura parecida, tan bonita y tan prometedora, podría haberlo llamado padre, y que podría haber sido la primavera en el consumido invierno de su vida, su vista se enturbió por completo.

—Belle —dijo el marido, volviéndose hacia su mujer con una sonrisa—, esta tarde he visto a un viejo amigo tuyo.

—¿A quién?

—¡Adivina!

—¿Cómo voy a...? ¡Anda, no lo sé...! —Y a continuación, viendo que su marido se reía, exclamó—: ¡Al señor Scrooge!

—¡Al mismísimo señor Scrooge! He pasado por delante de su oficina, y como no estaba cerrada, y tenía una vela encendida dentro, apenas he podido evitar verlo. He oído que su socio está al borde de la muerte, y él estaba allí solo. Me parece que está completamente solo en el mundo.

—¡Espíritu! —dijo Scrooge con la voz quebrada—, ¡sácame de aquí!

—Ya te he dicho que eran escenas de cosas que han ocurrido —dijo el fantasma—. Son lo que son, ¡no me culpes a mí!

—¡Sácame de aquí! —exclamó Scrooge—. ¡No lo soporto!

Se volvió hacia el fantasma, y viendo que el espíritu lo miraba con una cara en la que, por algún extraño motivo, había fragmentos de todos los rostros que le había ido mostrando, quiso agredirlo.

—¡Déjame! ¡Llévame a casa! ¡No me persigas más!

En el forcejeo, si es que puede llamarse forcejeo a una lucha en la que el fantasma no tuvo que emplearse en absoluto, no sufrió ningún daño a pesar de los esfuerzos del adversario. Scrooge observó que su luz ardía viva y brillante; y sospechando a medias que eso tenía alguna relación con él, se las arregló para arrebatarle el matacandelas y, con un movimiento rápido, se lo plantó en la cabeza.

El espíritu se fue desvaneciendo a medida que el apagavelas iba cubriendo toda su figura. Pero aunque Scrooge presionaba con todas sus fuerzas, no podía mitigar del todo la luz que seguía ardiendo debajo y que se esparcía por el suelo inundándolo de fulgor.

Tuvo conciencia entonces de su agotamiento y se sintió invadido por una irresistible somnolencia; también se percató de que se encontraba en su propia alcoba. Le dio al matacandelas un último apretón y luego relajó su mano. Casi no le dio tiempo a llegar a la cama, antes de sumirse en un profundo sueño.

ESTROFA III

El segundo de los tres espíritus

Scrooge se despertó en medio de un ronquido prodigiosamente fuerte y se sentó en la cama para ordenar sus ideas; no tuvo tiempo para darse cuenta de que la campana estaba a punto de dar la UNA otra vez. Pensó que ya se encontraba bien despierto y consciente, justo a tiempo, con el fin de mantener una conversación con el segundo mensajero que se presentara, tal y como le había advertido Jacob Marley. Pero notó un cierto frío incómodo cuando comenzaba a preguntarse cuál de las cortinas de su dosel se apartaría para dejar ver al nuevo espectro, así que decidió apartarlas todas él mismo. Y tumbándose de nuevo, mantuvo una atenta vigilancia en torno a su cama. Porque deseaba enfrentarse al espíritu en el preciso instante en el que se presentara y no tenía ganas de que lo cogiesen por sorpresa y le dieran un susto.

Los caballeros alegres y desenfadados que presumen de conseguir cualquier cosa con chasquear los dedos, y de no hacer nada en todo el día, expresan capacidad y disposición general para la aventura diciendo que son buenos en todo, desde los juegos callejeros a los homicidios; entre ambos extremos, sin duda, hay un abanico bastante amplio y completo de asuntos. Sin aventurar que Scrooge fuera en absoluto tan duro como esos jóvenes, no temo decirle al lector que puede estar seguro de que estaba dispuesto a aguantar un buen muestrario de extrañas apariciones, y que nada que se encontrara entre un bebé y un rinoceronte podría impresionarle en exceso.

Ahora bien, aun estando preparado para casi cualquier cosa, no estaba de ningún modo preparado para nada; y, en consecuencia, cuando la campana dio la una y no apareció ninguna figura, le acometió un violento ataque de temblores. Cinco minutos, diez minutos, un cuarto de hora transcurrió, pero nada ocurrió. Durante todo ese tiempo estuvo tumbado en la cama, centro y núcleo de un fulgor de luz rojiza que había empezado a aparecer cuando el reloj dio la hora. Y aun siendo sólo luz, era más aterradora que una docena de fantasmas, porque Scrooge era incapaz de entender qué significaba o de dónde venía, y por momentos temió que aquello pudiera resolverse en cualquier instante en un sorprendente caso de combustión espontánea, sin tener siquiera el consuelo de poder confirmarlo.

Al final, en cualquier caso, empezó a pensar —igual que el lector o yo mismo habríamos pensado enseguida, porque siempre son las personas que no están en apuros quienes saben lo que debe hacerse y lo que sin duda alguna habrían hecho de estar en esas circunstancias—, empezó a pensar que la fuente y el secreto de aquella luz fantasmal podrían estar en el cuarto anejo, desde donde, si uno se fijaba bien, parecía brillar. Esta idea comenzó a obsesionarle y se levantó muy despacio, y fue arrastrando sus pantuflas hasta la puerta.

En el momento en el que Scrooge puso la mano en el picaporte, una extraña voz lo llamó por su nombre y lo invitó a entrar. Él obedeció, asomando la cabeza.

¡Era su propia habitación! No cabía la menor duda al respecto. Pero había sufrido una sorprendente transformación. Las paredes y el techo estaban tan llenos de plantas que aquello parecía prácticamente un bosquecillo: por todas partes se veían lustrosas y brillantes bayas relucientes. Las tersas hojas de acebo, muérdago y hiedra reflejaban la luz, como si fueran una multitud de espejuelos colocados allí al azar. Y había un fuego tan poderoso y cegador en la chimenea que era imposible que aquel hogar hubiera conocido nada semejante en tiempos de Scrooge, o de Marley, o en tantos y tantos inviernos anteriores. Apilados en el suelo, formando una especie de trono, había pavos, gansos, caza, aves de corral, jabalíes, grandes patas de carne, lechoncillos, largas ristras de salchichas, pasteles de carne, púdines de pasas, canastas de ostras, castañas asadas, manzanas coloradas, naranjas jugosas, peras deliciosas, grandes pasteles de la noche de Reyes y calientes cuencos de ponche que conseguían que la sala se difuminara con sus deliciosos vapores. Sentado cómodamente sobre aquel trono se encontraba un gigante de aspecto jovial, glorioso en su figura, que sostenía una antorcha ardiente, cuya forma no era muy distinta a la del Cuerno de la Abundancia, manteniéndola en lo alto, arriba, para lanzar su luz sobre Scrooge cuando asomó la nariz por la puerta.

—¡Entra! —exclamó el fantasma—. ¡Entra y conozcámonos, hombre!

Scrooge avanzó tímidamente y humilló la cabeza delante del espíritu. Ya no era el Scrooge testarudo de antes, y aunque la mirada del fantasma parecía clara y amable, no le apetecía enfrentarse a ella.

—Soy el fantasma de la Navidad actual —dijo el espíritu—. ¡Mírame!

Scrooge lo hizo con temor reverencial. El espíritu iba ataviado con una túnica sencilla, de color verde oscuro, o una especie de capa adornada con un festón de piel blanca. Aquella indumentaria caía tan despreocupadamente sobre su figura que su imponente pecho quedaba al desnudo, como si despreciara la idea de cubrirlo u ocultarlo mediante cualquier artificio. Sus pies, que podían verse bajo los amplios pliegues de la túnica, también estaban desnudos. Y sobre la cabeza no llevaba más que una guirnalda de acebo de la que pendían, aquí y allá, brillantes carámbanos de hielo. Los rizos castaños de su pelo eran largos y limpios, limpios como su rostro amable, su mirada centelleante, su mano abierta, su voz alegre, sus gestos confiados y su expresión feliz. Ceñida a su cintura llevaba una antigua vaina, pero sin espada, y el metal parecía comido por la herrumbre.

—¡Jamás has visto a nadie como yo! —exclamó el espíritu.

—Jamás —dijo como respuesta Scrooge.

—Nunca has andado con los miembros más jóvenes de mi familia, es decir (porque yo soy muy joven), con mis hermanos mayores, nacidos en los últimos años... —prosiguió el espectro.

—Creo que no —dijo Scrooge—. Me temo que no. ¿Tienes muchos hermanos, espíritu?

—Más de mil ochocientos —dijo el fantasma.

—¡Una familia tremenda para mantenerla! —farfulló Scrooge.

El fantasma de las Navidades presentes se incorporó y, mientras lo hacía, Scrooge observó que parecía estar escondiendo algo bajo los pliegues de la túnica. Imaginó que había visto como la garra de un gran pájaro o un pie mucho más pequeño que el del propio espíritu sobresaliendo un instante entre sus ropajes, y picado por la curiosidad en todo lo concerniente a sus visitantes sobre-

Scrooge's third Visitor.

London: Chapman & Hall, 186 Strand

naturales le preguntó al espíritu qué significaba aquello.

—Los que desean saber o preguntar no son tantos como podrían ser —replicó el fantasma—. Pero ahora todo eso no importa. ¿Estás listo para venir conmigo?

—Espíritu —dijo Scrooge humildemente—, llévame donde desees. La pasada noche salí a la fuerza y aprendí una lección que aún me afecta. Esta noche, si tienes que enseñarme algo, que me sea de algún provecho.

—¡Toca mi túnica!

Scrooge hizo lo que se le ordenaba y agarró con firmeza el ropaje.

El acebo, el muérdago, los frutos rojos, la hiedra, los pavos, los patos, la caza, las aves de corral, los jabalíes, la carne, los cochinos, las salchichas, las ostras, los pasteles, los púdines, la fruta y el ponche..., todo se desvaneció al instante. Y también desaparecieron la estancia, la chimenea, el fulgor rojizo y la hora nocturna, y de repente ambos se encontraron en las calles de la ciudad la mañana de Navidad, donde (dado que el tiempo era muy desapacible) la gente estaba haciendo una especie de ruido áspero, pero vigoroso, y no del todo desagradable, al raspar la nieve de las aceras, frente a sus casas y en los tejados de sus hogares. Y ver cómo la escarcha caía en la calle y formaba pequeñas y falsas tormentas de nieve era una completa delicia para los chicos.

Las fachadas de las casas parecían muy oscuras, y las ventanas aún más, contrastando con el suave manto de nieve blanca de los tejados y con la nieve sucia del suelo; sobre la última nevada las pesadas ruedas de los carros y carretas habían formado unas profundas huellas, huellas que se cruzaban y se entrecruzaban unas con otras, cien veces, donde se ramificaban las amplias avenidas, y formaban intrincados canales, difíciles de seguir en el espeso fango amarillento y en el agua helada. El cielo estaba sombrío y las calles más pequeñas parecían asfixiarse en una niebla turbia, medio derretida medio helada, cuyas partículas más pesadas caían al suelo en una suerte de lluvia de átomos de hollín, como si todas las chimeneas de Gran Bretaña se hubieran puesto de acuerdo para encenderse al mismo tiempo y estuviesen lanzando sus llamaradas en los hogares. No había nada excesivamente agradable ni en el tiempo ni en la ciudad; y sin embargo había un ambiente de alegría en todas partes, tanta que sólo los días más limpios del verano o de sol estival más brillante podrían haber intentado concebirlo... en vano.

Porque la gente que andaba retirando con palas la nieve de los tejados parecía alegre y contenta: se saludaban unos a otros desde los edificios y de vez en cuando intercambiaban divertidos bolazos de nieve, unos proyectiles más amables que muchos chistes habituales, y se reían de buena gana cuando daban en el blanco, y no menos cuando fallaban estrepitosamente. Las pollerías todavía estaban medio abiertas y las fruterías estaban radiantes y en todo su esplendor. Había grandes cestas de castañas, redondas y orondas, que parecían los chalecos barrigudos de caballeros alegres, recostados junto a las puertas y mostrando al mundo su tendencia al colapso sanguíneo. Había cebollas españolas, moradas, gordas y de piel marrón, brillando en su rollizo volumen como los frailes españoles, y guiñando desde las estanterías con taimada picardía a las jóvenes que pasaban por la calle, al tiempo que lanzaban tímidas miradas al muérdago del techo. Había también peras y manzanas organizadas en altas y floridas pirámides; había racimos de uvas que —gracias a la benevolencia de los tenderos— estaban colgados de enormes ganchos para que a la gente se le hiciera la boca agua, gratis, cuando pasaba por delante; había montones de avellanas, marrones y también recubiertas con sus hojas: recordaban, con su perfume, los antiguos paseos por los bosques y las agradables excursiones con los pies metidos en los montones de hojas secas hasta los tobillos; había manzanas rojas de Norfolk para cocinar, rechonchas y coloradotas, presumiendo entre los amarillos de los limones y las naranjas, y con la fabulosa densidad de sus jugosas personalidades llamaban y apremiaban a los transeúntes para que se las llevaran a casa en bolsas de papel y se las comieran a la hora de la cena. El mismo pez dorado y plateado, que se encontraba en una pecera, entre todas esas delicias, aun siendo miembro de una especie estúpida y de sangre fría, parecía saber que allí estaba pasando algo, y, aun siendo pez, boqueaba de un lado a otro en su pequeño mundo con una lenta y desapasionada emoción.

Las tiendas de comestibles, ¡ah, las tiendas...! Algunas casi habían cerrado, con un par de contraventanas tal vez ya colocadas, o al menos una, pero a través de las ventanas libres, ¡qué maravilloso espectáculo! No era sólo que las balanzas de los mostradores tintinearan con su alegre ruidillo o que el bramante[43] se desenrollara con gozoso brío, ni que los botes y las latas subieran y bajasen como si las manejaran malabaristas, y ni siquiera que los perfumes mezclados del té y del café resultaran tan agradables al olfato, ni siquiera que las frutas pasas fuesen tan abundantes y exóticas; las almendras, tan extraordinariamente blancas; las ramitas de canela, tan largas y rectas; el resto de las especias, deliciosísimas; las frutas escarchadas, tan almibaradas y espolvoreadas con azúcar que podrían hacer que los observadores más escépticos se desmayaran y se tornaran inmediatamente golosos. No era tampoco que los higos estuvieran frescos y carnosos, o que las ciruelas francesas se ruborizaran con modesta acidez desde sus espléndidas y decorativas cajas, o que todo fuera delicioso para comer y estuviese ataviado con sus mejores galas navideñas, sino que los clientes andaban todos tan apurados y tan en-

43. Cordel muy delgado hecho de cáñamo.

tusiasmados con la perspectiva del día de Navidad, corriendo de un lado a otro, y de puerta en puerta, tropezando con sus cestas de mimbre, olvidando las compras en los mostradores, y volviendo deprisa a recogerlos, y cometiendo cientos de errores parecidos con el mejor humor posible... mientras los tenderos y sus empleados se mostraban tan francos y alegres que los corazones que formaban las elegantes lazadas de los delantales a la espalda podrían haber sido los suyos propios, expuestos al público para la inspección general y para que los cuervos navideños los picotearan, si ése era su gusto.[44]

Pero los campanarios no tardaron en llamar a las gentes de bien para que acudieran a iglesias y capillas, y allá que fueron todos, llenando con multitudes las calles, ataviados con sus mejores galas, y con sus rostros más gozosos. Y al mismo tiempo, desde una infinidad de calles, callejas y callejuelas sin nombre, salía una cantidad ingente de personas que acudían a los hornos a prepa-

44. Es una referencia al *Otelo* de Shakespeare, donde dice Yago: «Llevaré el corazón en la manga, / para que lo picoteen los cuervos, si quieren». Llevar el corazón «al descubierto» es un signo de honradez y bondad. *(N. del t.)*

rar sus cenas.[45] La visión de esos pobres ciudadanos pareció interesar mucho al espíritu, porque se apostó junto a Scrooge a la puerta de un horno panadero y, levantando las tapas de las cestas cuando pasaban sus portadores, dejaba caer chispas de fuego de su antorcha sobre las cenas. Y era un tipo de antorcha de lo más extraño, porque en una o dos ocasiones, cuando se producía algún altercado entre las gentes que iban a hornear sus cenas o se empujaban, con su extraña antorcha el fantasma dejaba caer unas gotas de agua sobre ellos, y su buen humor regresaba casi de inmediato. Y decían que era una vergüenza discutir en Navidad. ¡Y eso era verdad! ¡Así lo quiere Dios, y así era!

Al final, las campanas callaron y los panaderos cerraron sus hornos. Sin embargo, había algo encantador en todos aquellos alimentos y en el proceso de su cocinado, en las manchas aún húmedas que se veían en los hornos de los panaderos, don-

45. Los panaderos tenían prohibido utilizar los hornos el día de Navidad y los domingos; en cambio, se les permitía cocinar en ellos comidas de particulares, sobre todo de personas que no podían permitirse el lujo de tener hornos caseros. *(N. del t.)*

de el suelo aún humeaba, como si las losetas se estuvieran cocinando también.

—¿Tiene un sabor especial el fuego de tu antorcha, con el que has salpicado la comida de esa gente? —preguntó Scrooge.

—Sí, el mío.

—¿Sirve para cualquier clase de comida de hoy? —preguntó Scrooge.

—Para cualquier clase de comida que se ofrezca con cariño. Sobre todo para la de los pobres.

—¿Por qué sobre todo para la de los pobres? —dijo Scrooge.

—Porque lo necesitan más.

—Espíritu... —dijo Scrooge, después de meditarlo un rato—. Me extraña mucho que tú, entre todos los seres de los mundos infinitos que rondan sobre nuestras cabezas, hayas permitido que se limiten las oportunidades de esa gente para que disfruten de sus inocentes placeres.

—¿Yo? —exclamó el espíritu, sorprendido.

—Bueno, tú les impides que puedan alimentarse todos los domingos, a menudo el único día en el que se puede decir que comen algo... —añadió Scrooge—. ¿No es así?

—¿Yo? —volvió a gritar el espíritu.

—Tú has querido que se cierren los hornos el domingo —prosiguió Scrooge—. Y eso viene a ser lo mismo.

—¿Que yo he querido...? —exclamó el espíritu.

—Perdóname si me equivoco. Eso se ha hecho en tu nombre, o al menos en el de tu familia —apuntó Scrooge.

—Hay alguna gente en esta tierra tuya —contestó el espíritu— que presume de conocernos, y que en nuestro nombre lleva a cabo actos de ira, orgullo, odio, malicia, envidia, fanatismo y egoísmo, pero son tan ajenos a nosotros y a nuestra familia y estirpe como si no hubieran existido jamás. Recuerda eso, y carga en el debe de esas gentes sus actos, no sobre nosotros.

Scrooge prometió que así lo haría. Y luego continuaron, invisibles como hasta entonces, caminando por los barrios de la ciudad. Una cualidad especialmente llamativa del fantasma (y que Scrooge había podido observar en la panadería) era que, a pesar de su enorme estatura, podía acomodarse a cualquier lugar sin mayor inconveniente, y que se encontraba tan contento y con su habitual gesto de ente sobrenatural en una habitación de techo bajo como en un amplio salón.

Y tal vez fuera ese placer que el buen espíritu tenía al mostrar esa habilidad, o tal vez fuera su propia naturaleza, amable, generosa y cordial, y su compasión para con los pobres, lo que los condujo directamente a la casa del secretario de Scrooge. Porque fue allí donde se dirigieron, y el espíritu llevó a Scrooge colgando de su túnica, y en el quicio de la puerta el espíritu sonrió, y se detuvo para bendecir el hogar de Bob Cratchit con las chispas brillantes de su antorcha. ¡Pensémoslo! Bob apenas ganaba quince *bobs*[46] a la semana: se embolsaba los sábados sólo quince repeticiones de su nombre, y sin embargo el fantasma de las Navidades presentes bendijo su casa de cuatro piezas.

Apareció entonces la señora Cratchit, la mujer del oficinista, ataviada muy lastimosamente con una bata a la que ya le habían dado dos vueltas, pero adornada con cintas baratas que daban bien el pego por seis peniques, y empezó a poner el mantel ayudada por Belinda Cratchit, la segunda de sus hijas, que también lucía muchas cintas. Mientras, el caballerete Peter Cratchit metía un tenedor

46. Chelines. *(N. del t.)*

en la bandeja de las patatas, y alisándose los picos de su enorme cuello camisero (propiedad privada de Bob, cedida a su hijo y heredero con motivo de tan honroso día) disfrutaba de verse tan galanamente vestido y estaba deseando presumir de su ropa blanca en los parques de moda. Luego, dos pequeños Cratchit, un niño y una niña, entraron atropelladamente en la estancia, gritando que habían descubierto ellos solos que estaban asando su ganso en el horno de la panadería y que lo habían sabido por el olor, y enfrascándose en una discusión sobre la salvia y la cebolla, los jóvenes Cratchit empezaron a bailar alrededor de la mesa, y adulando al joven Peter Cratchit y poniéndolo por las nubes, mientras él (no muy orgulloso, porque su cuello casi lo asfixiaba) avivaba el fuego, hasta que las patatas casi frías comenzaron a bullir, golpeando ferozmente la tapa de la cazuela para que las sacaran y las pelasen.

—¿Dónde anda vuestro adorado padre? —dijo la señora Cratchit—. ¿Y vuestro hermano Tim? ¿Y Martha, que el día de Navidad del año pasado hacía ya media hora que andaba por aquí?

—¡Aquí está Martha, madre! —exclamó la voz de una joven, entrando mientras lo decía.

—¡Aquí está Martha, madre! —gritaron los dos jóvenes Cratchit—. ¡Hurra! ¡Menudo ganso tenemos, Martha!

—¡Bueno! ¡Dichosos los ojos que te ven, cariño, qué tarde llegas! —dijo la señora Cratchit, besándola una docena de veces y quitándole el chal y el gorro, con afecto zalamero.

—Dejamos un montón de trabajo sin acabar anoche —contestó la muchacha— y hemos tenido que solucionarlo esta mañana, madre.

—Bueno, lo importante es que hayas venido —dijo la señora Cratchit—. Siéntate junto al fuego, cariño, y caliéntate, ¡que Dios te bendiga!

—¡No, no...! ¡Ya viene padre! —gritaron los dos jóvenes Cratchit, que estaban en todas partes a la vez—. ¡Escóndete, Martha, escóndete!

Así que Martha se escondió, y entró Bob, su padre —con al menos tres palmos de bufanda colgando por detrás, y con el traje raído, zurcido y desgastado, para ir a tono con la época— y Tiny Tim, que venía a hombros del señor Cratchit. Porque, ay, pobre Tiny Tim, tenía que utilizar una muleta y llevaba las piernas sujetas con un aparato de hierro.

—Vaya, ¿dónde está nuestra Martha? —exclamó Bob Cratchit, buscando a su alrededor.

—No ha venido —dijo la señora Cratchit.

—¿Cómo que no ha venido? —protestó Bob, con una repentino abatimiento, porque había sido el pura sangre de Tim todo el camino desde la iglesia y había venido hasta casa galopando—. ¿No va a venir el día de Navidad?

A Martha no le gustaba verlo disgustado, ni siquiera en broma, así que salió antes de tiempo de su escondite y corrió a sus brazos, mientras los dos pequeños Cratchit zarandeaban a Tiny Tim y lo arrastraban hasta el lavadero, desde donde se podía oír cómo bullía el pastel en el barreño de cobre.

—¿Y qué tal se ha portado el pequeño Tim? —preguntó la señora Cratchit, después de reírse a gusto de Bob y su credulidad, y después de que éste hubiera abrazado a su hija con toda la alegría de su corazón.

—¡A las mil maravillas —dijo Bob—, y aun mejor! A veces se queda un poco meditabundo al estar sentado solo tanto tiempo, y piensa las cosas más extrañas que puedas imaginarte. Me ha dicho, viniendo para casa, que esperaba que la gente lo viera en la iglesia, porque, siendo un lisiado, eso podría alegrar a otras personas y recordarles, en Navidad, a aquel que conseguía que los mendigos tullidos caminaran y los ciegos vieran.

La voz de Bob casi temblaba cuando decía eso, y tembló aún más cuando dijo que Tiny Tim estaba creciendo fuerte y sano.

Se oyeron los golpecillos de la pequeña muleta en el suelo y Tiny Tim entró en la estancia antes de que se pudiera decir nada más, escoltado por su hermano y su hermana pequeños, que lo acompañaron hasta un taburete junto al fuego. Y mientras Bob se remangaba —pobrecillo, ¡como si los puños de su camisa pudieran correr el riesgo de estar más desastrados!— y empezaba a preparar una bebida caliente en una jarra, con ginebra y limones, dándole vueltas y más vueltas, y poniéndola en el fogón de la chimenea para que hirviera a fuego lento, el joven Peter y los dos pequeños y ubicuos Cratchit fueron a recoger el ganso, con el que no tardaron en regresar en solemne procesión.

Se produjo tal algarabía que cualquiera podría haber pensado que un ganso era la más extraordinaria de las aves, un fenómeno con plumas, frente al cual un cisne negro sería un animal común y corriente. Y, en realidad, esa ave sí que era algo parecido en aquella casa. La señora Cratchit hizo que la salsa (preparada con antelación en una cazuela) silbara al fuego. El joven Peter machacaba las patatas con increíble vigor; la señorita Belinda endulzaba el puré de manzana; Martha limpió los hornillos; Bob puso a Tiny Tim a su lado, en una esquinita de la mesa; los dos jovenzuelos Cratchit colocaron las sillas para todos, sin olvidar las suyas, y montaron guardia en sus puestos: se metieron las cucharas en la boca, o de lo contrario chillarían pidiendo ganso asado antes de que llegara su turno. Al final se colocaron los platos y se bendijo la mesa. A continuación todos contuvieron el aliento cuando la señora Cratchit, observando detenidamente el gran cuchillo trinchador, se dispuso a hundirlo en la pechuga. Pero cuando lo hizo, y el anhelado relleno se abrió paso en la bandeja, un murmullo de asombro y gozo recorrió toda la mesa, e incluso Tiny Tim, animado por los dos pequeños Cratchit, comenzó a golpear la mesa con el cuchillo y exclamó débilmente: «¡Hurra!».

Jamás hubo un ganso parecido. Bob dijo que no creía que nunca se hubiera cocinado un ganso semejante. Su ternura y sabor, su tamaño y su buen precio, fueron temas que suscitaron una admiración generalizada. Junto a la compota de manzanas y el puré de patatas, hubo suficiente comida para toda la familia. Y, en efecto, como dijo la señora Cratchit con enorme alegría (observando un diminuto fragmento de hueso en el plato), al fin y al cabo no había podido comérselo todo. Sin embargo, todos habían comido lo suficiente, y los Cratchit más jóvenes en particular estaban embadurnados de salvia y cebolla ¡hasta las cejas! Luego la señorita Belinda cambió los platos y la señora Cratchit salió sola de la estancia —demasiado nerviosa para que nadie la acompañara—, con la intención de sacar el pudin y llevarlo a la mesa.

¡Imaginad que no estuviera bien hecho! ¡Imaginad que se hubiese roto al volcarlo! ¡Imaginad que alguien hubiera saltado la tapia del patio y lo hubiese robado mientras ellos disfrutaban del ganso..., una suposición que hizo palidecer a los dos jóvenes Cratchit! ¡Se imaginaron todo tipo de espantos!

¡Bueno! ¡Qué cantidad de vapor! Se sacó el pudin del barreño de cobre. ¡El perfume de un día de colada! ¡Era por el paño! ¡Había un olor como de casa de comidas y de pastelería que estuvieran puerta con puerta, y de una lavandería que estuviese al lado! ¡Ahí estaba el pudin! En medio minuto, la señora Cratchit —sofocada, pero sonriendo orgullosa— entró en el salón con el pudin, que parecía una bala de cañón moteada, tan duro y tan firme, resplandeciente con su mitad de medio cuartillo de brandi flambeado ¡y aderezado con una ramita de acebo navideño en lo más alto!

¡Oh, qué pudin tan maravilloso!, dijo Bob Cratchit con sosiego y aplomo, pues consideraba aquel pudin como el mayor éxito logrado por la señora Cratchit durante todo su matrimonio. La señora Cratchit dijo —ahora que se había quitado un peso de encima— que había tenido sus dudas respecto a las cantidades de harina. Todo el mundo tuvo algo que decir al respecto, pero nadie dijo o pensó que efectivamente fuera un pudin demasiado pequeño para una familia tan numerosa. Habría sido una vulgar herejía decir eso. Cualquier Cratchit se habría avergonzado de haber sugerido siquiera algo semejante.

Por fin concluyó la comida; se levantaron los manteles, se barrió el fogón y se avivó el fuego. La bebida de la jarra se probó y se consideró perfecta, se pusieron manzanas y naranjas en la mesa, y se echó un buen montón de castañas al fuego. Luego, toda la familia Cratchit se sentó en torno a la chimenea —como dijo Bob Cratchit, «en círculo», aunque sólo era un semicírculo— y enseguida fue asaltada por toda la cristalería familiar: dos vasos y un cuenco sin asa.

De todos modos, en esa vajilla se sirvió la bebida caliente, igual que si se hubiera servido en copas de oro; Bob lo servía con miradas radiantes, mientras las castañas del fuego chisporroteaban y crujían ruidosamente. Entonces Bob exclamó:

—Feliz Navidad a todos, queridos. ¡Que Dios os bendiga!

Y toda la familia lo repitió.

—¡Que Dios nos bendiga a todos! —dijo Tiny Tim, el último.

Estaba sentado muy cerca de su padre, en un pequeño taburete. Bob sujetaba la manita enferma del niño entre las suyas, porque adoraba al chico y quería mantenerlo a su lado, como si temiera que fueran a arrebatárselo.

—Espíritu... —dijo Scrooge, con una emoción que jamás había sentido antes—. Dime si Tiny Tim vivirá.

—Veo un asiento vacío —contestó el espíritu— en la esquina de la chimenea, y una muleta, sin dueño, cuidadosamente guardada. El niño va a morir.

—No, no... —dijo Scrooge—. Oh, no, buen espíritu: ¡dime que se salvará!

—Nadie volverá a verlo ahí —replicó el fantasma—. Pero ¿y qué? Si tiene que morir, que se muera de una vez, y así se rebajará la superpoblación.

Scrooge dejó caer la cabeza sobre la barbilla al escuchar sus propias palabras citadas por el espíritu, y de algún modo se sintió abrumado por los remordimientos y la pena.

—¡Hombre! —dijo el fantasma—, si realmente tienes un corazón de hombre, y no de piedra, guárdate esa infame hipocresía hasta que sepas *qué* es la superpoblación y *dónde* está. ¿Es que vas a ser tú y los que son como tú quienes decidáis qué hombres deben vivir y qué hombres deben morir? Puede que a los ojos del Cielo tú seas más inútil y menos digno de vivir que millones de niños como el de ese pobre hombre. Ay, Dios: ¡tener que oír a un insecto que vive en una hoja proclamar que sus hambrientos congéneres del polvo viven o no viven demasiado...!

Scrooge se humilló ante la reprimenda del fantasma y, temblando, hundió su mirada en el suelo. Pero luego levantó la vista enseguida, al oír su propio nombre.

—¡El señor Scrooge! —dijo Bob—. ¡Va por usted, señor Scrooge, el patrocinador de este banquete!

—¡Ah, sí, ya lo creo... el patrocinador de este banquete! —exclamó la señora Cratchit, roja de furia—. Ojalá lo tuviera aquí delante. ¡Le daría una buena ración de lo que pienso de él, y espero que tuviera buen apetito para digerirla!

—¡Querida...! —dijo Bob—, los niños... es Navidad...

—Sólo podría ser en Navidad, desde luego —contestó la mujer—, cuando uno pudiera beber a la salud de un hombre tan odioso, mezquino, cruel e insensible como el señor Scrooge. ¡Y tú sabes que es así, Robert! ¡Nadie lo sabe mejor que tú, pobrecito mío!

—Querida... —fue la amable respuesta de Bob—, es Navidad.

—Beberé a su salud porque lo dices tú y porque es Navidad —dijo la señora Cratchit—, pero no porque lo merezca. ¡Que tenga larga vida! ¡Y feliz Navidad y feliz Año Nuevo! Seguro que para él será muy próspero y muy feliz, ¡no me cabe la menor duda...!

Los chicos bebieron después del brindis. Y fue lo primero que hicieron sin ningún entusiasmo. Tiny Tim bebió el último de todos, sin que le importara un rábano. Scrooge era el ogro de la familia. La mera mención de su nombre arrojaba una negra sombra sobre la concurrencia que no acababa de disiparse hasta transcurridos cinco minutos.

Después de que esa sombra hubiese pasado, se pusieron diez veces más contentos que antes por el simple alivio de haber cumplido ya con el ritual de brindar por Scrooge el Funesto. Bob Cratchit les dijo que tenía a la vista una colocación para el joven Peter, y que eso supondría, si lo conseguían, cinco chelines y seis peniques a la semana. Los dos pequeños Cratchit se rieron escandalosamente ante la idea de que su hermano Peter se convirtiera en un hombre de negocios; y el propio Peter se quedó pensativo mirando el fuego de la chimenea entre los picos de su cuello camisero, como si estuviera meditando qué inversiones concretas debería favorecer cuando entrara en posesión de esa cantidad inconcebible de dinero. Martha, que era una pobre aprendiza en una sombrerería, les dijo entonces qué tipo de trabajo tenía que hacer y cuántas horas seguidas trabajaba, y que tenía la intención de quedarse tumbada en la cama hasta la mañana del día siguiente para poder descansar bien, dado que al día siguiente sería fiesta y estaría en casa. También dijo que había visto a una condesa y a un lord algunos días antes, y que el lord era «casi tan alto como Peter», a lo que Peter contestó estirándose tanto los picos de su cuello camisero que si el lector hubiera estado allí no habría podido verle la cabeza. Durante todo ese tiempo las castañas y la jarra fueron dando vueltas y pasando de unos a otros, y luego Tiny Tim les cantó una canción sobre un niño que se perdía en la nieve; tenía una vocecilla lastimera y cantó realmente muy bien.

Todo aquello no tenía nada de particular. No eran una familia especialmente agraciada: no iban bien vestidos, sus zapatos estaban lejos de poder resistir un aguacero, sus ropas eran escasas y Peter podía haber conocido la casa del prestamista, y muy probablemente la conocía bien. Pero eran felices, se sentían agradecidos, contentos de estar juntos y satisfechos con lo que les había tocado. Y cuando todos empezaron a desvanecerse y parecieron aún más felices con los resplandores de las chispas que desprendía la antorcha del espíritu, Scrooge no apartó ni un instante la mirada, y especialmente se detuvo en Tiny Tim, hasta el final.

Para entonces ya estaba oscureciendo y empezaba a nevar con fuerza. Y cuando Scrooge y el espíritu comenzaron a recorrer las calles, los resplandores de los fogones en las cocinas, en los salones y en toda suerte de estancias resultaban maravillosos. Aquí, el parpadeo de las llamas reflejaba los preparativos de una cálida cena, con los calderos bullendo e hirviendo delante del fuego, y las cortinas de un rojo oscuro prontas a impedir que pasaran la oscuridad y el frío. Allí, todos los críos de la casa salían corriendo a la nieve para recibir a sus hermanas casadas, a sus hermanos, primos, tíos, tías, y ser los primeros en abrazarlos. Y por esta otra parte, las persianas hacían sombras chinescas de los invitados reunidos. Y en aquella otra calle, un grupo de jóvenes elegantes, todas con sus capuchas y con sus botas de piel, y todas parloteando a la vez, apuraban el paso para acudir a otra casa del vecindario, donde el viejo solterón (¡ay!) las vio entrar resplandecientes: astutas hechiceras, bien lo sabían.

Pero si se tuviera que juzgar la noche por la cantidad de gente que salía de su casa para acudir a reuniones de amigos, podría pensarse que nadie estaba en casa para darles la bienvenida cuando llegaran, en vez de que en cada casa se estuviera esperando a los invitados y alimentando las chimeneas con una gran cantidad de madera. ¡Cómo disfrutaba el fantasma, bendiciéndolo todo! ¡Cómo hacía ondear su antorcha, y descubría su pecho desnudo, y abría sus generosas manos y las extendía, derramando con generosidad su fuego brillante e inofensivo sobre todo lo que le rodeaba! El mismísimo farolero, que corría por las calles oscuras dejando un camino moteado de puntos de luz, y que iba ataviado para pasar la noche en cualquier parte, se empezó a reír a carcajadas cuando el espíritu pasó a su lado; aunque el farolero no tenía ni idea de que no había nadie más con él, salvo la Navidad.

Y entonces, sin una palabra de aviso por parte del fantasma, Scrooge y él aparecieron en un páramo desolado y desierto, donde monstruosas masas de ásperas rocas surgían por doquier, como si fueran tumbas de gigantes. El agua surgía por todas partes y constantemente, y habría formado torrentes si el hielo no la hubiera mantenido prisionera; y nada crecía allí, salvo el musgo y el espino, y todo tipo de hierbajos. Hacia la parte del oeste, el sol poniente se había convertido en una esfera de un rojo incandescente que derramó su resplandor sobre aquella desolación durante unos instantes, como un ojo tétrico, y enfureciéndose cada vez más, y ocultándose cada vez más y más, acabó perdiéndose en la densa oscuridad de la noche más negra.

—¿Qué lugar es éste? —preguntó Scrooge.

—El lugar donde viven los mineros que trabajan en las entrañas de la tierra —contestó el espíritu—. ¡Pero incluso ellos me conocen! ¡Mira!

Una luz brillaba en la ventana de una cabaña, y un instante después ambos se dirigían hacia allí. Traspasaron las paredes de barro y piedra, y descubrieron a un alegre grupo de personas reunidas en torno a una resplandeciente chimenea. Había un hombre muy muy viejo y una mujer, con sus hijos y los hijos de sus hijos, y aún otra generación después de ésa; todos iban vestidos alegremente con su ropa de fiesta. El anciano, con una voz que apenas se oía más que los aullidos del viento sobre las tierras baldías e inhóspitas, estaba cantándoles una canción de Navidad... Ya era una canción muy vieja cuando él era niño, y de vez en cuando todos se unían a él en los coros. Así que cuando los demás elevaban la voz, el viejo también se animaba y gritaba, y cuando los demás callaban, su vigor se desvanecía otra vez.

El espíritu no quiso detenerse allí, sino que le indicó a Scrooge que se agarrase de su túnica y, volando por encima de los páramos, se desplazaron veloces adonde... ¿No era eso el mar? ¡El mar! Para horror de Scrooge, al volver la vista reconoció el final de la tierra firme —un aterrador cúmulo de rocas—, que había quedado atrás. Sintió que el bramido de las aguas ensordecía sus oídos, al revolverse y rugir y enfurecerse en las espantosas cavernas que ellas mismas horadaban, al tiempo que intentaban socavar ferozmente la tierra.

Construido sobre un sombrío acantilado de rocas marinas, a una distancia de una legua, más o menos, de la orilla, allí donde las aguas rompían y estallaban durante todo el año, había un faro solitario. Enormes montones de algas se aferraban a su base, y los petreles[47] —que uno podría suponer nacidos del viento, como las algas de los mares— se elevaban y rondaban a su alrededor, igual que las olas sobre las que volaban.

Pero incluso allí, dos hombres miraban el fuego de su faro, que, a través de la tronera excavada en el grueso muro de piedra, lanzaba un rayo de luz sobre el espantoso mar. Uniendo sus rudas manos por encima de la burda mesa a la que estaban sentados, se desearon mutuamente feliz Navidad con su cuenco de grog;[48] y uno de ellos, el mayor, con el rostro tan herido y lleno de cicatrices por culpa del feroz clima como podría estarlo el mascarón de un viejo barco, entonó una canción con tanta energía que parecía una galerna.

De nuevo, el fantasma voló veloz, por encima del mar negro y agitado, y continuó y continuó hasta que, estando lejos de cualquier costa, como le dijo a Scrooge, divisaron un barco. Se situaron junto al timonel, el vigía de proa y los oficiales que estaban de guardia; eran figuras fantas-

47. Aves que se alimentan de los huevos de peces, moluscos y crustáceos.

48. Bebida caliente hecha con ron u otro licor, agua, azúcar y limón.

males y sombrías, inmóviles en sus puestos, pero cada hombre murmuraba una tonada navideña, o tenía un pensamiento navideño, o le comentaba en susurros a su compañero cómo fueron otros días de Navidad, con la esperanza de regresar a casa. Todos los hombres a bordo, despiertos o dormidos, buenos o malos, habían tenido para los demás una palabra más amable aquel día que cualquier otro día del año, y habían compartido en alguna medida la celebración, y habían recordado a los seres queridos que se encontraban lejos, y habían comprendido que les encantaba recordarlos.

Fue una enorme sorpresa para Scrooge, mientras escuchaba los quejidos del viento y pensaba qué cosa tan solemne era moverse a través de la solitaria oscuridad sobre los abismos desconocidos, cuyas profundidades eran secretos tan insondables como la muerte..., fue una gran sorpresa para Scrooge, mientras meditaba sobre todo aquello, oír una gran carcajada. Fue una sorpresa descubrir que era la risa de su sobrino, y encontrarse en un salón luminoso, seco, resplandeciente, con el espíritu sonriente a su lado ¡y mirando a su sobrino con generosa amabilidad!

—¡Ja, ja...! —Se reía el sobrino de Scrooge—. ¡Ja, ja, ja...!

Si diera la casualidad de que por una imposible jugada del azar el lector conociese a un hombre más proclive a la risa que el sobrino de Scrooge, lo único que yo podría decir es que también me gustaría conocerlo. Preséntemelo y cultivaré su amistad.

Es justo e incluso espléndidamente útil para el correcto funcionamiento del mundo que aunque exista la infección en las enfermedades y en las penas, no haya nada en el mundo tan irresistiblemente contagioso como la risa y el buen humor. Cuando el sobrino de Scrooge se reía de aquella forma —sujetándose los costados, agitando la cabeza y contorsionando la cara del modo más extravagante—, la sobrina de Scrooge (por matrimonio) se reía de tan buena gana como él. Y los amigos que estaban reunidos con ellos no se quedaban atrás, y se reían escandalosamente.

—¡Ja, ja! ¡Ja, ja, ja, ja...!

—¡Dijo que la Navidad eran paparruchas, como que estoy aquí! —exclamó el sobrino de Scrooge—. ¡Y lo decía en serio!

—¡Peor para él, Fred! —dijo la sobrina de Scrooge, indignada. Benditas sean las mujeres así: nunca hacen nada a medias. Siempre van en serio.

Era muy guapa, extraordinariamente guapa. Con una preciosa carita, con hoyuelos y una permanente expresión de sorpresa; una boquita delicada que parecía hecha para que la besaran..., como sin duda ocurría; algunos bonitos lunares en la barbilla que se reunían unos con otros cuando se reía, y el par de ojos más alegres que uno ha podido ver jamás en cualquier criatura. Además, era lo que uno llamaría «provocadora», entiéndase..., pero con un comportamiento apropiado. ¡Oh, perfectamente apropiado!

—¡Es un viejecillo muy gracioso! —dijo el sobrino de Scrooge—. Ésa es la verdad, aunque no tan agradable como podría ser. De todos modos, en el pecado lleva la penitencia, y no tengo nada que decir contra él.

—Estoy segura de que es muy rico —apuntó la sobrina de Scrooge—. Al menos, eso es lo que siempre me has dicho...

—¿Y qué tiene que ver eso, querida? —dijo el sobrino de Scrooge—. Su riqueza no le sirve de nada. No hace nada bueno con ella. No la utiliza para vivir mejor. No tiene siquiera la satisfacción de pensar... ja, ja, ja... que nos está beneficiando a nosotros con ella.

—No lo soporto —observó la sobrina de Scrooge. Las hermanas de la sobrina de Scrooge, y todas las damas reunidas, expresaron la misma opinión.

—¡Oh...!, yo sí —dijo el sobrino—. Lo siento mucho por él. No podría enfadarme con él aunque quisiera. ¿Quién sufre por sus manías? Él mismo, siempre. Ahora se le ha metido en la cabeza odiarnos y no ha querido venir a cenar con nosotros. ¿Y qué más da? Tampoco se pierde una gran cena...

—Pues yo sí creo que se pierde una gran cena —interrumpió la sobrina de Scrooge. Y todo el mundo dijo lo mismo, y se les debía conceder el derecho a ser jueces imparciales, porque acababan de cenar, y, con los postres en la mesa, se reunieron en torno a la chimenea, junto la lámpara.

—¡Bueno! Me alegra mucho oír eso —dijo el sobrino de Scrooge—, porque no tenía mucha fe en estas jóvenes amas de casa. ¿Qué dices tú, Topper?

Topper le había echado el ojo, claramente, a una de las hermanas de la sobrina de Scrooge, porque respondió que un soltero era un pobre desgraciado que no tenía ni derecho a expresar una opinión sobre ese tema. Entonces, la hermana de la sobrina de Scrooge (la gordezuela con los cuellos de encaje, no la que llevaba rosas) se ruborizó.

—Continúa, Fred... —dijo la sobrina de Scrooge, dando palmaditas—. ¡Nunca acaba lo que está diciendo! ¡Es así de tonto!

El sobrino de Scrooge soltó otra carcajada y fue imposible impedir que todo el mundo se contagiara: su ejemplo fue seguido unánimemente.

—Sólo iba a decir —añadió el sobrino de Scrooge— que la consecuencia de que ahora le caigamos mal, y de que no quiera disfrutar con nosotros, es, tal y como yo lo veo, que se pierde unos ratos muy agradables, que por otra parte no le harían ningún daño. Estoy seguro de que se pierde unos ratos mucho más agradables de los que puede encontrar pensando sólo en sí mismo, sea en su mohosa y vieja oficina, sea en las polvorientas estancias de su casa. Y quiero decir que le ofrezco lo mismo todos los años, le guste o no, porque me da lástima. Puede criticar y mofarse de la Navidad hasta que se muera, pero me apuesto lo que sea a que no podrá evitar ir mejorando su idea de ella si, año tras año, me presento allí, de buen humor, y le digo: «Hola, tío Scrooge, ¿qué tal estás?». Si así consigo convencerlo para que le deje a su pobre secretario cincuenta libras, ya será *algo*. Y creo que ayer conseguí conmoverlo un poco.

Entonces fue el turno de que los demás se rieran a gusto, sólo con la idea de que había conseguido conmover un poco a Scrooge. Pero como era de natural risueño y no le importaba mucho que se rieran de él —porque de todos modos se habrían reído—, los acompañó y animó en su alegría, y pasó la botella con entusiasmo.

Después del té, disfrutaron de un poco de música. Porque era una familia muy musical y sus miembros sabían cómo disfrutar cuando cantaban una canción sin acompañamiento o hacían un coro general, eso puedo asegurarlo; sobre todo Topper, que podía alcanzar notas más graves como el mejor bajo y al que nunca se le hinchaba la vena de la frente ni se ponía colorado cuando lo hacía. La sobrina de Scrooge tocaba bastante bien el arpa, e interpretó, entre otras canciones, una muy sencilla (una tontería, cualquiera podría aprender a silbarla en un par de minutos) que alguna vez había cantado también aquella niña que fue a buscar a Scrooge al internado, tal y como se lo había recordado el fantasma de las Navidades pasadas. Cuando sonaron aquellos acordes, todas las cosas que le había mostrado el fantasma acudieron a su mente; Scrooge se fue ablandando más y más, y pensó que si hubiera escuchado más a menudo aquella canción, durante los años anteriores, podría haber cultivado, con sus propias manos, la amabilidad en la vida y su propia felicidad, sin tener que acudir a la pala del sepulturero que enterró a Jacob Marley.

Pero el grupo no dedicó toda la velada a la música. Un poco después jugaron a las prendas, porque a veces es bueno ser como niños, y nunca mejor que en Navidad, cuando su todopoderoso fundador fue Niño también. ¡Un momento! ¡Antes se jugó a la gallinita ciega! Por supuesto. Y si tengo que creer que Topper tenía los ojos tapados, también me creo que los tuviera en los pies. En mi opinión, él y el sobrino de Scrooge se habían puesto de acuerdo en cierto asunto, y, además, el fantasma de las Navidades presentes lo sabía. La manera en la que el muchacho se dirigió hacia la hermana gordezuela con los cuellos de puntillas era un atropello a la credulidad de la naturaleza humana. Tirando por los suelos los atizadores de la chimenea, tropezando con las sillas, estampándose contra el piano, enredándose en las cortinas... fuera donde fuese la muchacha, allí iba Topper. Siempre sabía dónde estaba la hermana gordezuela. Era incapaz de coger a nadie más. Si alguien se caía delante de él, como les ocurrió a varios, y se quedaba allí quieto, él simulaba que iba a cogerlo, con unas maneras que eran una afrenta al entendimiento, e inmediatamente se escabullía en dirección a donde se encontraba la hermana gordezuela. Ella a veces gritaba que aquello no era justo, y realmente no lo era. Pero cuando al final la cogió, cuando, a pesar de las resbaladizas sedas y los ágiles revoloteos de la joven para huir de él, la acorraló en una esquina donde ya no tenía escapatoria, entonces su conducta fue de lo más execrable. Porque empezó a fingir que no sabía quién era; fingía que era necesario tocarle el peinado, y luego, para confirmar su identidad, que era necesario tocar un anillo que llevaba en la mano y una cadena que llevaba al cuello. ¡Eso fue infame, monstruoso! Sin duda ella le dijo lo que pensaba al respecto cuando, dado que otro invitado estaba ejerciendo de gallinita ciega, se apartaron para hablar confidencialmente tras unas cortinas.

La sobrina de Scrooge no estaba jugando a la gallinita ciega: se había acomodado en un rincón agradable, en un butacón con escabel,[49] muy cerca de donde se encontraban el fantasma y Scrooge. Pero luego se unió al juego de las prendas, y suscitó la admiración de su marido con el dominio que tenía del alfabeto. Igual que en el juego del «cómo, cuándo y dónde», era muy buena y, para secreto regocijo del sobrino de Scrooge, ganó fácilmente a todas sus hermanas, aunque eran chicas muy listas también, como Topper podría haber certificado. Puede que allí hubiera unas veinte personas, jóvenes y viejas, pero todos jugaron, y también lo hizo Scrooge; porque, admirado por lo que estaba ocurriendo, olvidó por completo que nadie oía su voz, y a veces gritaba la respuesta a los acertijos, y con mucha frecuencia acertaba también, porque la aguja más aguda —mejor que las de Whitechapel, con garantía de que no se corta el hilo al enhebrarlo— no era más aguda

49. Banquillo para reposar los pies.

que Scrooge, por muy cabezota que pudiera ponerse a veces.

El fantasma estaba encantado de verlo de tan buen humor, y lo miraba con tanto gusto que Scrooge le rogó, como un niño, que le permitiera quedarse un poco más, hasta que se marchasen los invitados. Pero el espíritu le dijo que eso no podía ser.

—¡Un juego nuevo! —dijo Scrooge—. ¡Sólo media hora, espíritu, sólo media hora!

Era un juego llamado «Sí y no», en el que el sobrino de Scrooge tenía que pensar una cosa y el resto tenía que averiguar de qué se trataba: él sólo podía responder a las preguntas de los demás con un «sí» o un «no», lo que correspondiera. De la andanada de preguntas a la que se expuso se desprendía que estaba pensando en un animal, en un animal vivo, un animal bastante desagradable, un animal salvaje, un animal que gruñía y rugía a veces, y que otras veces hablaba, y que vivía en Londres, y que caminaba por las calles, y que no participaba en un espectáculo, y que no pertenecía a nadie, y que no vivía en una casa de fieras, y que no se vendía en los mercados, y que no era ni un caballo, ni un burro, ni una vaca, ni un toro, ni un tigre, ni un perro, ni un cerdo, ni un gato, ni un oso. A cada nueva pregunta que se le planteaba, el sobrino estallaba en una cascada de carcajadas, y se estaba riendo tanto que se vio obligado a levantarse, dejar el sofá y saltar de risa. Al final, la hermana gordezuela, entregándose a una alegría parecida, exclamó:

—¡Ya lo sé! ¡Ya sé lo que es! ¡Ya sé lo que es!

—¿Qué es? —gritó Fred.

—¡Es tu tío Scroooooge!

Sí, ésa era la respuesta. La admiración fue el sentimiento generalizado, aunque algunos objetaron que la respuesta a la pregunta «¿Es un oso?» debería haber sido «sí», ya que una contestación negativa era suficiente para despistar a los participantes y apartar sus pensamientos del señor Scrooge, suponiendo que hubieran tenido la idea de pensar en él.

—Nos ha hecho pasar un buen rato, ya lo creo —dijo Fred—, y sería de desagradecidos no brindar por él. Aquí viene un vaso de vino caliente con especias y naranjas para cada uno. Y yo digo: «¡Por el tío Scrooge».

—¡Bueno! ¡Por el tío Scrooge! —exclamaron todos.

—¡Y feliz Navidad y próspero Año Nuevo para el viejo, sea como sea! —dijo el sobrino de Scrooge—. Nunca me aceptaría ese deseo, pero, bueno, que lo tenga de todos modos. ¡Por el tío Scrooge!

El tío Scrooge se había ido poniendo tan alegre y tan contento, casi sin darse cuenta, que habría devuelto el brindis al grupo que ignoraba su presencia, y les dio las gracias con unas palabras inaudibles. Pero entonces toda la escena se desvaneció, con las últimas palabras proferidas por su sobrino, y el viejo y el espíritu reanudaron de nuevo sus viajes.

Mucho vieron, y muy lejos viajaron, y muchas casas visitaron, pero siempre con un final feliz. El espíritu lo llevó junto a las camas de enfermos, y estaban contentos; lo llevó junto a personas que vivían en tierras lejanas, y añoraban volver a sus hogares; lo llevó junto a los combatientes, y ellos tenían confianza en sus grandes esperanzas; lo llevó ante la pobreza, y era riqueza. En casas de caridad, en hospitales, en cada refugio miserable donde el orgullo del hombre, con su nimia y breve autoridad, no había cerrado las puertas, dejando fuera al Espíritu de la Navidad, él llegó para repartir sus bendiciones y enseñar a Scrooge sus preceptos.

Fue una noche larga, si es que fue sólo una noche, porque Scrooge tenía sus dudas al respecto, dado que las vacaciones de Navidad parecían haberse condensado en el período de tiempo que ambos pasaron juntos. También resultaba extraño que mientras Scrooge seguía invariable en su aspecto externo, el fantasma envejecía, y envejecía cada vez más y más evidentemente. Scrooge había observado ese cambio, aunque no comentó nada hasta que llegaron a una fiesta infantil de la noche de Reyes, cuando, al mirar al espíritu —estando ambos juntos en un lugar abierto—, se percató de que tenía el pelo canoso.

—¿Tan poco viven los espíritus? —preguntó Scrooge.

—Mi vida sobre la tierra es muy breve —contestó el fantasma—. Acaba esta noche.

—¡Esta noche! —exclamó Scrooge.

—Esta noche, a las doce. ¡Atiéndeme! La hora se acerca.

Las campanas estaban dando las once y tres cuartos en ese momento.

—Perdóname si no tengo derecho a preguntarte esto... —dijo Scrooge, mirando de reojo la túnica del espíritu—, pero... lo veo otra vez..., es un pie, ¡no una garra!

—Bien podría ser una garra, con lo huesudo que está —fue la lastimera respuesta del espíritu—. Mira esto.

De los pliegues de su túnica salieron dos niños: infelices, miserables, horribles, repulsivos, desgraciados. Se arrodillaron a sus pies y se aferraron al borde de los ropajes.

—¡Hombre! ¡Mira esto! ¡Mira, mira, mira ahí abajo! —exclamó el fantasma.

Eran un niño y una niña. Amarillentos, escuálidos, harapientos, huraños, hambrientos, pero también postrados en su humildad. Allí donde la hermosa juventud debería haber alegrado sus rostros y donde debería haberlos bendecido con sus colores más bellos, una mano envejecida y marchita, como la de los ancianos, los había demacrado y encorvado y los había reducido a andrajos. Allí donde los ángeles podrían haber asentado su trono, allí moraban los demonios, y acechaban amenazantes. Ninguna alteración, ninguna degradación, ninguna perversión de la humanidad, en grado alguno, y a lo largo de todos los misterios de la maravillosa creación, ha generado jamás monstruos que fueran la mitad de horribles y espantosos.

Scrooge se apartó un poco, aterrorizado. Al mostrárselos de aquel modo, intentó decir que eran unos niños muy guapos..., pero las palabras se le atragantaron, negándose a ser parte de una mentira de tan enorme magnitud.

—Espíritu... ¿son tuyos? —Scrooge no pudo decir otra cosa.

—Son del Hombre —dijo el espíritu, mirándolos desde lo alto—. Y se aferran a mí, clamando contra sus padres. Este niño es la Ignorancia. Y la niña es la Necesidad. Guárdate de ambos y de su estirpe, pero sobre todo guárdate de este niño, pues en su frente veo escrita la palabra *Miseria*, salvo que alguien se ocupe de borrarla. ¡Niégalo si puedes! —exclamó el espíritu, tendiendo la mano hacia la ciudad—. ¡Infames aquellos que lo digan! ¡Admítelo para tus deplorables propósitos, y empeóralo todo! Y ése será el final.

—¿Acaso no tienen refugio o recursos? —exclamó Scrooge.

—¿Acaso no hay cárceles? —dijo el espíritu, volviéndose hacia él por última vez y pronunciando sus propias palabras—. ¿Acaso no hay albergues de beneficencia?

La campana dio las doce.

Scrooge miró a su alrededor buscando al fantasma, pero no lo vio. Y cuando el último tañido dejó de vibrar, recordó la predicción del viejo Jacob Marley, y levantando la mirada, vio a un imponente fantasma, con una fabulosa túnica y encapuchado, que se acercaba como la niebla sobre los campos, hacia él.

ESTROFA IV

El último espíritu

El fantasma se aproximó lenta, grave, silenciosamente. Cuando estuvo muy cerca de él, Scrooge se arrodilló, porque incluso en el mismo aire en el que se movía aquel espíritu parecían reinar la tristeza y el misterio.

Venía envuelto en una especie de mortaja, toda la indumentaria teñida de un profundo color negro, con la que ocultaba la cabeza, el rostro, su cuerpo, y no dejaba nada a la vista, salvo una mano tendida. Pero excepto por esto, habría resultado difícil distinguir su figura de la mismísima noche y diferenciarla de la oscuridad de la que venía rodeada.

Cuando estuvo a su lado, Scrooge pensó que era un ser alto y majestuoso; su misteriosa presencia lo sumía en un temor reverencial. Nada más pudo saber, porque el espíritu ni se movía ni hablaba.

—¿Estoy acaso en presencia del fantasma de las Navidades que aún han de venir? —dijo Scrooge.

El espíritu no contestó, pero señaló hacia el frente con la mano.

—Vas a mostrarme imágenes de cosas que aún no han ocurrido, pero que ocurrirán en el futuro —prosiguió Scrooge—, ¿no es así, espíritu?

La parte superior de sus vestiduras se contrajo durante un instante, formando pliegues, como si el espíritu hubiera inclinado la cabeza. Ésa fue la única respuesta que obtuvo de él.

Aunque para entonces ya estaba acostumbrado a las compañías fantasmales, Scrooge tenía tanto miedo de aquella figura silenciosa que le temblaban las piernas y llegó a pensar que apenas podría mantenerse en pie cuando se dispuso a seguirlo. El espíritu se detuvo unos segundos, como si estuviese observando su estado, como si quisiera darle tiempo para que se recobrara.

Pero aquello no hizo sino empeorar las cosas. Scrooge se aterrorizó con un difuso e incierto pavor al percatarse de que tras aquel sudario tenebroso había unos ojos fantasmales, clavados fijamente en él, aunque por mucho que se esforzara no podía ver nada salvo aquella mano espectral y un gran bulto negro.

—¡Fantasma del futuro! —exclamó Scrooge—, te temo más que a cualquier otro espectro que haya visto. Pero como sé que tus intenciones son buenas, y como espero vivir para convertirme en un hombre distinto al que fui, estoy preparado para soportar tu compañía, y hacerlo agradecido de corazón. ¿No vas a decirme nada?

No le dio respuesta alguna. La mano señalaba directamente hacia adelante.

—¡Llévame! —dijo Scrooge—. Llévame. La noche se está desvaneciendo y es un tiempo precioso para mí, lo sé. ¡Llévame, espíritu!

El fantasma avanzó del mismo modo que había llegado hasta él. Scrooge lo siguió al resguardo de sus vestiduras, que —eso pensó— lo sostenían y lo arrastraban inevitablemente.

Casi no pareció que entraran en la ciudad, sino más bien que la ciudad surgía en torno a ellos, y los rodeaba, por su sola voluntad. Y allí estaban, en el corazón de la urbe, en el mercado, entre los comerciantes, que iban atareados de un lado para otro, y hacían sonar las monedas en sus bolsillos, y conversaban en grupos, y miraban sus relojes, y cotilleaban con gesto serio mientras se miraban sus grandes anillos de oro, y todo aquello que Scrooge había visto tantas veces.

El espíritu se detuvo junto a un pequeño grupo de hombres de negocios. Observando que la mano señalaba hacia allí, Scrooge se adelantó para escuchar su conversación.

—No —decía un gordo enorme con una mandíbula monstruosa—, de todos modos no sé mucho al respecto. Lo único que sé es que ha muerto.

—¿Y cuándo murió? —preguntó otro.

—Anoche, creo.

—Vaya, ¿y qué le pasó? —preguntó un tercero, cogiendo una gran cantidad de rapé[50] de una enorme tabaquera—. Pensé que no se iba a morir nunca.

—Nunca se sabe —dijo el primero, con un bostezo.

—¿Qué ha hecho con su dinero? —preguntó un caballero rubicundo que lucía en la punta de la

50. Tabaco de polvo, más grueso y oscuro que el ordinario y elaborado con hoja cortada algún tiempo después de madurar.

nariz una excrecencia pendular, que se balanceaba como el moco de un pavo.

—Ni idea —dijo el hombre de la enorme mandíbula, bostezando de nuevo—. Lo habrá dejado a la empresa, tal vez. A *mí*, desde luego, no me lo ha dejado. Eso es lo único que sé.

Aquella bromilla fue recibida con risas generalizadas.

—Parece que va a ser un funeral bastante triste —dijo el mismo murmurador— y, maldita sea, no conozco a nadie que vaya a asistir. Podríamos formar un grupo y pedir voluntarios.

—A mí no me importa ir si dan de comer —apuntó el caballero de la excrecencia nasal—, pero si voy, tengo que comer.

Más risas.

—¡Bueno! Yo soy el más desinteresado de todos nosotros, al fin y al cabo —dijo el que había hablado primero—, porque nunca llevo guantes negros de luto y nunca almuerzo. Pero me ofrezco a ir, si hay alguien más que se anime. Cuando lo pienso, no estoy del todo seguro de no haber sido su mejor amigo, porque solíamos pararnos y hablar siempre que nos encontrábamos. ¡Bueno, adiós!

Unos y otros se despidieron y se separaron en

diferentes direcciones, y se mezclaron con otros grupos. Scrooge miró al espíritu en busca de una explicación. Conocía a aquellos hombres y no vio nada extraño en su conversación.

El fantasma se internó por una callejuela. Su dedo señaló a dos personas que se estaban saludando. Scrooge se dispuso a escuchar de nuevo su conversación, pensando que allí residiría la explicación a lo sucedido anteriormente.

Conocía también a aquellos dos hombres. Eran hombres de negocios, muy ricos y muy importantes. Scrooge siempre había procurado ganarse el aprecio de aquellos caballeros... en un sentido comercial, se entiende; estrictamente en un sentido comercial.

—¿Qué tal? —dijo uno.

—¿Qué tal? —contestó el otro.

—¡Bueno...! —dijo el primero—, el viejo demonio al final ha tenido lo suyo, ¿no?

—Eso me han dicho —replicó el segundo—. Frío, ¿no?

—Lo normal en Navidad. Usted no es patinador, supongo.

—No. No. Tengo otras cosas en las que pensar. ¡Buenos días!

Y no hubo más. Aquél fue su saludo, aquélla fue su conversación y aquélla su despedida.

Al principio, Scrooge se sintió casi sorprendido de que el espíritu pudiera concederle importancia a conversaciones aparentemente tan triviales; pero advirtiendo que, con toda seguridad, habría algún propósito oculto en sus actos, se sintió impelido a considerar cuál podría ser. Sería muy raro que todo aquello guardara relación con la muerte de Jacob, su antiguo socio, porque eso correspondía al pasado, y el fantasma con el que estaba ahora habitaba los territorios del futuro. Tampoco pudo pensar en nadie que hubiese estado estrechamente relacionado con él y que fuera el objeto de aquellas conversaciones. Pero, entendiendo que sin duda alguna aquellas conversaciones contendrían alguna moraleja latente para su provecho —independientemente del individuo al que se refirieran—, decidió memorizar todo lo que había oído, y todo lo que había visto, y especialmente resolvió observar su propia imagen cuando apareciera. Porque tenía la esperanza de que la conducta de su yo futuro le daría la clave que necesitaba y que le proporcionaría la solución a todos aquellos acertijos.

Miró a su alrededor, en aquel mismo lugar, buscando su propia imagen. Pero otro hombre ocupaba la esquina en la que solía parar, y aunque el reloj señalaba la hora habitual en la que acostumbraba a estar allí, no vio a nadie como él entre las multitudes que iban y venían por los soportales. Aquello le sorprendió poco, de todos modos, porque había estado pensando en cambiar radicalmente de vida, y pensaba y confiaba que lo que estaba viendo era la consecuencia de las decisiones que había tomado.

Callado y oscuro a su lado, el fantasma permanecía inmóvil, con su mano extendida. Cuando despertó de sus consideraciones personales, imaginó —por el giro de la mano y por la posición que adoptaba respecto a él— que los ojos invisibles estaban mirándolo fijamente. Aquello le provocó un estremecimiento y sintió mucho frío.

Abandonaron ambos aquella bulliciosa escena y se adentraron en la parte más oscura de la ciudad, donde Scrooge jamás había estado antes, aunque reconoció su situación y su mala reputación. Las callejas estaban asquerosas, las tiendas y las casas eran miserables, la gente iba medio desnuda, borracha, harapienta, espantosa. Los callejones y los soportales, como las innumerables alcantarillas, regurgitaban sus fétidos olores, y la suciedad, y la vida, en calles aún más apartadas, y todo el barrio apestaban a delincuencia, inmundicia y miseria.

En lo profundo de aquel infecto lugar había una tienda de mala muerte, mugrienta, bajo un techado saledizo, donde se vendían y compraban chatarras, harapos, botellas, huesos y despojos grasientos. Esparcidos por el suelo del interior había montones de llaves oxidadas y clavos, cadenas, bisagras, limas, balanzas, pesas, y chatarra de todo tipo. Secretos en los que pocos habrían sentido placer en indagar se reproducían y se ocultaban en montañas de harapos asquerosos, amasijos de grasa podrida y sepulcros de huesos. Sentado en medio de los objetos con los que comerciaba, junto a una estufa de carbón, hecha con ladrillos viejos, había un vagabundo canoso, de unos setenta años de edad, que se protegía del aire frío con una apestosa cortina confeccionada con harapos de todo tipo que tenía colgada de un cordel; estaba fumando una pipa en la placidez de su tranquilo retiro.

Scrooge y el fantasma se colocaron ante aquel hombre, justo cuando una mujer cargada con un pesado fardo entró con aire desconfiado en la tienda. Pero apenas había entrado aquélla, otra mujer, igualmente cargada, entró también. Y ésta vino seguida de un hombre vestido de negro desteñido, que no pareció menos sorprendido al verlas que las propias mujeres al reconocerse. Tras unos momentos de silencioso asombro, en el que el hombre de la pipa se acercó a ellos, todos estallaron en risas.

—Bueno, ¡que la criada sea la primera! —dijo la que había entrado antes—. Que la lavandera sea la segunda, y que el de la funeraria sea el tercero. ¡Ya ves, viejo Joe, qué oportuno: nos hemos encontrado aquí los tres sin haberlo pensado!

—¡No podríais haberos reunido en mejor lugar! —dijo el viejo Joe, sacándose la pipa de la boca—. Pasad al salón; tú lo conoces desde hace mucho, ya lo creo, y a los otros dos no les resulta desconocido. Esperad que cierre la puerta de la tienda. ¡Ah, cómo rechina! No hay un trozo de metal más herrumbroso en este lugar que esas bisagras, me parece a mí; y estoy seguro de que no hay unos huesos más viejos que los míos. ¡Ja, ja! Aunque nos las arreglamos para cumplir con nuestras obligaciones, nos llevamos bien. Pasad al salón. Pasad al salón.

El salón era lo que había detrás de la cortina de harapos. El viejo atizó el fuego con una de esas varillas que se utilizan para sujetar las alfombras en las escaleras, y habiendo despabilado su humeante lámpara (porque era de noche) con la cazoleta de la pipa, volvió a metérsela en la boca.

Mientras, la mujer con la que había hablado dejó caer su fardo en el suelo y se sentó de un modo descarado en un taburete; se cruzó de brazos apoyándose en las rodillas y miró con gesto desafiante a los otros dos.

—Bueno, ¿y qué pasa? ¿Qué pasa, señora Dilber? —dijo la mujer—. Todo el mundo tiene derecho a buscarse la vida. ¡Él siempre lo hizo!

—¡Eso sí es verdad! —dijo la lavandera—. Nadie lo hizo más que él.

—Vaya, entonces no se quede ahí mirándome como si fuera usted una timorata,[51] como si no supiera nada. No vamos a sacar aquí los trapos sucios, ¿no?

—No, por supuesto... —dijeron la señora Dilber y el hombre al mismo tiempo—. No deberíamos...

51. Tímida, indecisa.

—Muy bien entonces —exclamó la mujer—. Eso es suficiente. ¿A quién perjudica la pérdida de unas cosillas como éstas? A un muerto no, me parece a mí.

—No, desde luego —dijo la señora Dilber, riéndose.

—Si quería conservarlas después de muerto, condenado y viejo tacaño —prosiguió la mujer—, ¿por qué no se comportó como debía en vida? Si lo hubiera hecho, habría tenido a alguien que se habría ocupado de él cuando la muerte llamó a su puerta, en vez de estar allí tirado, agonizando hasta su último aliento, y completamente solo.

—Eso es lo más certero que he oído jamás —dijo la señora Dilber—. Es una sentencia ajustada.

—Ojalá fuera un poco más dura —contestó la mujer—, y lo habría sido, puede estar usted segura, si pudiera haberle puesto la mano encima a alguna cosa más. Abre ese fardo, viejo Joe, y dime cuánto vale lo que tienes ahí. Dilo sinceramente. No me importa ser la primera ni que lo vean los demás. Sabemos muy bien que estábamos buscándonos la vida antes de encontrarnos aquí, me parece. No es ningún pecado. Abre el fardo, Joe.

Pero la educación de sus amigos no permitió

tal cosa, y el hombre ataviado de negro descolorido, acercando su hatillo en primer lugar, mostró su botín. No era demasiado. Dos anillos, un plumier, un par de gemelos y un broche de escaso valor, eso era todo. Todo fue minuciosamente examinado y valorado por el viejo Joe, que iba apuntando con una tiza, en la pared, las cantidades que estaba dispuesto a dar por cada objeto, e hizo la suma total cuando entendió que ya no iba a ofrecerse nada más.

—Esto es lo que te doy —dijo Joe—, y no te daría ni seis peniques más aunque me metieran en un caldero de agua hirviendo. A ver, el siguiente.

La señora Dilber era la siguiente. Sábanas y toallas, una ropa poco usada, dos cucharillas de plata pasadas de moda, unas pinzas para el azúcar y unos cuantos zapatos. Su cuenta quedó reflejada en la pared del mismo modo que la anterior.

—Siempre les doy demasiado a las damas. Es mi punto débil, y por eso me estoy arruinando —dijo el viejo Joe—. Ésta es tu cuenta. Si me pides otro penique, y me lo discutes, me arrepentiré de ser tan liberal y te descontaré media corona.

—Y ahora abre *mi* fardo, Joe —dijo la primera mujer.

Joe se puso de rodillas para abrirlo con más comodidad y, tras desatar unos grandes nudos, sacó un enorme y pesado rollo de tela oscura.

—¿Qué demonios es esto? —dijo Joe—. ¡Cortinas de cama!

—¡Ah! —exclamó la mujer, riéndose y doblándose hacia delante con los brazos cruzados—. ¡Cortinas de cama!

—¡No me estarás diciendo que se las has quitado, con argollas y todo, con él allí tumbado...! —dijo Joe.

—Pues claro que sí —contestó la mujer—. ¿Por qué no?

—Has nacido para hacerte rica —dijo Joe—, y seguro que lo serás.

—Desde luego no me temblará la mano cuando pueda coger algo que tenga a mano, sobre todo si se trata de un hombre como él, te lo aseguro, Joe —contestó tranquilamente la mujer—. No manches de grasa las mantas...

—¿Las mantas? ¿Son de ese hombre?

—¿Y de quién iban a ser? —contestó la mujer—. Me atrevería a decir que probablemente no pasará frío aunque no las tenga.

—Supongo que no moriría de nada que pueda

cogerse..., ¿eh? —dijo el viejo Joe, interrumpiéndose en su labor y mirando a la mujer.

—No temas por eso —replicó la mujer—. No me gustaba tanto su compañía como para quedarme con todas esas cosas si hubiera sido así. ¡Ah!, y puedes mirar esa camisa hasta que te duelan los ojos, no encontrarás ni un solo agujero, ni un sitio donde esté raída. Es la mejor que tenía, y es bien buena. Se habría echado a perder si no hubiera sido por mí.

—¿A qué llamas tú «echar a perder»? —preguntó el viejo Joe.

—A ponérsela para enterrarlo, por supuesto —replicó la mujer con una carcajada—. Alguien sería lo suficientemente idiota como para hacerlo, pero yo se la habría quitado otra vez. Una tela barata de algodón basta para enterrar a un muerto, ya lo creo. Es perfectamente adecuada para cubrir un cadáver. Y aunque se la pusieran no podía resultar más desagradable de lo que ya era.

Scrooge escuchaba aquella conversación horrorizado. Mientras aquellos individuos se sentaban alrededor de su botín a la tenue luz de la lámpara del viejo, los observó con un disgusto y un asco que difícilmente podrían ser mayores aunque hubieran sido demonios obscenos repartiéndose el mismísimo cadáver del que hablaban.

—¡Ja, ja...! —Se reía aquella mujer, cuando el viejo Joe, sacando una bolsa de franela con dinero, fue contando sus respectivas ganancias y las puso en el suelo—. ¡Se acabó la historia, ya veis! ¡Aterrorizó a todo el mundo cuando estaba vivo y nos da beneficios muerto! ¡Ja, ja, ja...!

—¡Espíritu! —exclamó Scrooge, temblando de pies a cabeza—. Ya lo entiendo, ya lo entiendo... El caso de ese hombre infeliz podría ser el mío. Mi vida va por ese camino, ya lo veo. ¡Dios Misericordioso!, ¿qué es todo esto...?

Retrocedió, aterrorizado, porque la escena había cambiado y en ese momento casi se encontraba al lado de su cama..., una cama desnuda y sin cortinas en el dosel, en la que, bajo una sábana harapienta, yacía algo cubierto, y aunque mudo, se anunciaba con espantosos gritos.

La alcoba estaba muy oscura, demasiado oscura para que pudiera observarse con nitidez la escena, aunque Scrooge miró a su alrededor obedeciendo a un secreto impulso, ansioso por saber qué tipo de habitación era. Una luz pálida, procedente del mundo exterior, se derramó sobre la cama; y en ella, expoliado y saqueado, abandonado, sin que nadie lo velara, sin que nadie se ocupase de él, estaba el cadáver de aquel hombre.

Scrooge buscó al fantasma con la mirada. Su mano impasible señalaba la cabeza del muerto. La mortaja estaba tan descuidadamente anudada que el más leve contacto —por ejemplo, si Scrooge la hubiera tocado con un dedo— podría haber revelado su rostro. Pensó hacerlo, pensó que sería muy fácil hacerlo, y deseó hacerlo. Pero no tenía más fuerza para apartar la tela que para apartar al espectro de su lado.

Oh, fría, fría, gélida, espantosa Muerte, alza aquí tu altar y vístelo con todos los terrores que desees, pues éste es tu reino. Pero de la cabeza amada, venerada y honrada no podrás tocar ni un solo cabello para tus espantosos propósitos, ni conseguir que uno de sus rasgos resulte odioso. No importa que la mano esté inerte y caiga cuando nadie la sujete; no importa que el corazón y el pulso se hayan detenido; porque aún vemos la mano abierta, generosa y fiel; el corazón valiente, cálido y tierno; y el pulso de un hombre. ¡Golpea, negra sombra, golpea! ¡Y mira cómo sus buenos actos se revelan en tus heridas, para sembrar el mundo de vida inmortal!

Ninguna voz pronunció aquellas palabras en los oídos de Scrooge, y sin embargo él las pudo oír cuando miró hacia la cama. Pensó: si aquel hombre se levantara en ese momento, ¿cuáles serían sus primeros pensamientos? ¿Avaricia? ¿Actividades empresariales? ¿Preocupaciones bancarias? ¡Todo eso era lo que le había llevado a tan opulento final, mira tú!

Aquel ser yacía en su cama, en una casa oscura y vacía, sin un hombre, mujer o niño que dijera que «fue amable conmigo» en esto o aquello, y que, en recuerdo de aquellas palabras cariñosas, «seré compasivo con él». Un gato estaba maullando en la puerta y se oían los chillidos de las ratas bajo los fogones. ¿Qué *querían* las ratas en la sala mortuoria y por qué estaban tan nerviosas e inquietas? Scrooge prefería no pensarlo.

—¡Espíritu! —exclamó—. Éste es un lugar horrible. Cuando salga de aquí no olvidaré la lección, te lo aseguro. ¡Vayámonos!

Pero el fantasma siguió señalando, con dedo inmóvil, a la cabeza del muerto.

—Ya te entiendo —contestó Scrooge—, y lo haría... si pudiera. Pero no tengo fuerzas, espíritu. No tengo fuerzas.

Una vez más, el fantasma parecía estar mirándolo.

—Si hay alguna persona en la ciudad que sienta la muerte de este hombre —dijo Scrooge, completamente desesperado—, muéstramela, espíritu, ¡te lo ruego!

El fantasma extendió sus negros ropajes delante de él durante unos instantes, como si fueran alas, y, al retirarlos, revelaron una habitación a la luz del día, donde estaban una madre con sus niños.

Al parecer estaba esperando a alguien, y con ansiedad y nervios, porque iba de un lado a otro de la estancia y se sobresaltaba con cualquier ruido. Luego miraba por la ventana, observaba el reloj, intentaba —en vano— hacer punto y apenas podía soportar las voces de los niños mientras jugaban.

Al final, la llamada en la puerta, tan largamente esperada, se produjo. La mujer corrió hacia la puerta y recibió a su marido; era un hombre cuyo rostro parecía abatido y deprimido, aunque era joven. Había un gesto muy singular en su expresión, una especie de triste placer del que parecía avergonzarse, y que luchaba por reprimir.

Se sentó a comer los alimentos que habían reservado junto a la chimenea y cuando la mujer le preguntó tímidamente si había noticias (aunque eso no ocurrió hasta que hubo transcurrido un largo silencio), el hombre pareció incómodo y con dificultades para contestar.

—¿Son buenas noticias... —preguntó la mujer— o malas? —dijo con el fin de ayudarlo.

—Malas —contestó él.

—Estamos totalmente arruinados.

—No. Aún hay esperanza, Caroline.

—Si él tuviera compasión... —dijo pensativa—, ¡la habría! La esperanza es lo último que se pierde..., si es que ha ocurrido ese milagro.

—Ya no puede tener compasión —dijo su marido—. Ha muerto.

La mujer era una criatura amable y paciente, si su rostro no mentía; pero pareció sentirse verdaderamente feliz al oír aquello, y así lo dijo, con las manos entrelazadas. Pidió perdón de inmediato, y dijo que lo sentía, pero la alegría fue la primera emoción de su corazón.

—Lo que me contó aquella mujer medio borracha de la que te hablé anoche, cuando intenté verlo para conseguir una demora de una semana, y que yo creí que era sólo una mera excusa para no recibirme, ha resultado ser cierto: no solamente estaba muy enfermo, sino que se estaba muriendo.

—¿Y a quién debemos pagar ahora nuestra deuda?

—No lo sé. Pero antes de que llegue ese momento ya habremos reunido el dinero. Y aunque no lo tengamos, ya sería mala suerte dar con un sucesor que fuera un acreedor tan cruel. ¡Al menos esta noche podemos dormir tranquilos, Caroline!

Sí. Al presentar la situación menos aterradora, sus corazones se tranquilizaban. Las caras de los niños, atentas y reunidas para escuchar lo que ni siquiera entendían, estaban más luminosas, ¡y era un hogar más feliz debido a la muerte de aquel hombre! En fin, por lo que se refería a aquel acontecimiento, la única emoción que el fantasma podía mostrarle a Scrooge era una emoción de alegría.

—Muéstrame a alguien que lamente esta muerte —dijo Scrooge—, o esa siniestra habitación, espíritu, que acabamos de abandonar no se me borrará jamás de la memoria.

El fantasma lo llevó por calles que sus pies conocían bien; y mientras avanzaban, Scrooge miraba aquí y allá con la idea de encontrarse a sí mismo, pero no se vio por ningún lado. Entraron en casa del pobre Bob Cratchit —el hogar que ya había visitado anteriormente— y se encontró a la madre y a los niños sentados en torno a la chimenea.

Callados. Muy callados. Los pequeños y alborotadores Cratchit estaban tan callados como estatuas, en un rincón, y quietos, mirando a Peter, que tenía un libro en las manos. La madre y sus hijas estaban ocupadas con la costura. ¡Pero qué calladas estaban también!

—«Luego tomó a un niño y lo puso delante de ellos...»

¿Dónde había escuchado Scrooge aquellas palabras? No las había soñado. El muchacho debió de leerlas en voz alta cuando el espíritu y él cruzaron el umbral.

¿Por qué no continuaba?

La madre dejó la labor en la mesa y se llevó la mano al rostro.

—¡El color me hace daño en los ojos! —dijo.

¿El color? ¡Ah, pobre Tiny Tim!

—Ya se me pasa... —dijo la señora Cratchit—. El candil me daña la vista, y no querría que vuestro padre viera que me duelen los ojos cuando venga a casa, por nada del mundo. Debe de estar al llegar.

—Ya debería haber llegado, me parece —contestó Peter, cerrando el libro—. Pero creo que estas últimas noches camina más despacio que antes, madre.

Se quedaron muy callados de nuevo. Al final, ella dijo, con una voz tranquila y cariñosa que sólo se quebró una vez:

—Yo lo he visto caminar con..., yo lo he visto caminar con Tiny Tim sobre los hombros, y muy deprisa.

—Y yo también —exclamó Peter—, ¡muchas veces!

—¡Y yo también! —gritó otro. Y luego todos los demás dijeron lo mismo.

—Pero él pesaba muy poco y se le podía llevar bien —añadió la mujer, esforzándose en su labor—, y su padre lo quería tanto que eso no era ningún problema..., ningún problema. ¡Ah, ahí llega ya vuestro padre!

La mujer corrió a su encuentro. Y Bob, envuelto en su bufanda —la necesitaba, el pobre—, entró. Ya tenía el té preparado en el fogón y todos los demás hicieron todo lo posible por ayudarle a servírselo. Entonces, los dos Cratchit se subieron a sus rodillas y se abrazaron, cada uno por un lado, a su cara, apretándose contra sus mejillas, como si quisieran decirle: «No te preocupes, padre. ¡No te pongas triste!».

Bob fue muy cariñoso con ellos y habló alegremente con toda la familia. Observó la labor que había sobre la mesa y elogió la industriosa habilidad de la señora Cratchit y las niñas. Seguro que acababan antes del domingo, dijo.

—¡El domingo! Entonces, ¿has ido hoy, Robert? —dijo su esposa.

—Sí, querida —contestó Bob—. Ojalá hubieras ido tú también. Te habría encantado ver lo verde que es ese lugar... Pero ya lo verás, muchas veces. Le he prometido que volvería el domingo. Mi pequeño... ¡mi pobre niño! —Lloró Bob—. ¡Mi pobre niño!

Se hundió completamente. No podía evitarlo. Si hubiera podido evitarlo, tal vez habría podido apartarse de la tumba de su hijo un poco antes.

Salió de la estancia y subió las escaleras, a la

habitación de arriba, que estaba iluminada alegremente y adornada con motivos navideños. Había una silla junto a la figura del Niño y había indicios de que alguien había estado allí últimamente. El pobre Bob se sentó en la silla y, después de pensarlo un poco y recobrar el ánimo, besó la carita del Niño. Procuró asumir lo que había ocurrido y volvió a bajar un poco más contento.

Se sentaron alrededor del fuego y conversaron. Las niñas y la madre seguían con su labor. Bob les habló de la extraordinaria amabilidad del sobrino del señor Scrooge, a quien apenas si había visto en una ocasión, y que, cuando se lo había encontrado aquel día en la calle, y viendo que parecía un poco... —«sólo un poco, ya sabes», dijo Bob—, le preguntó qué era lo que le preocupaba.

—Así que... —dijo Bob—, como es el caballero más amable que hayáis visto jamás, se lo dije. «Lo siento muchísimo, señor Cratchit», me dijo, «y lo siento también muchísimo por su querida esposa». Por cierto, no sé cómo podía saber *eso*...

—¿Saber qué, querido?

—Bueno, que eres una buena esposa —contestó Bob.

—¡Todo el mundo lo sabe! —dijo Peter.

—¡Muy bien apuntado, hijo mío! —exclamó Bob—. Espero que así sea... «Lo siento de todo corazón», dijo, «por su querida esposa. Si puedo serle de alguna ayuda en lo que sea», dijo, dándome su tarjeta, «ésta es mi dirección. Por favor, venga a verme». Ahora bien —exclamó Bob—, no fue el hecho de que pudiera hacer algo por nosotros lo que me pareció encantador, sino la manera de decírmelo. ¡Parecía que realmente hubiese conocido a nuestro Tiny Tim, y lo sintiera con nosotros!

—Estoy segura de que es un buen hombre —dijo la señora Cratchit.

—Y estarías aún más segura, querida —replicó Bob—, si lo vieras y hablases con él. No me sorprendería nada, fíjate lo que te digo, si le consiguiera una buena colocación a Peter.

—¡Anda, escucha eso, Peter! —dijo la señora Cratchit.

—Y luego —exclamó una de las niñas— Peter se asociará con otras personas y se establecerá por su cuenta.

—¡Anda y piérdete! —contestó Peter con una sonrisilla.

—Puede que sí o puede que no —dijo Bob—, tal vez un día de éstos; aunque aún tenemos mucho tiempo para eso, querida. Pero, comoquiera que sea y dondequiera que estemos, estoy seguro de que ninguno de nosotros olvidará al pobre Tiny Tim, ¿verdad?, ni esta primera despedida que hemos tenido que vivir.

—¡Nunca, padre! —exclamaron todos.

—Y sé —añadió Bob—, sé, queridos míos, que cuando recordemos lo paciente y lo cariñoso que era, aunque era un niño muy pequeño, muy pequeño, nos resultará difícil pelearnos entre nosotros, porque olvidaríamos al pobre Tiny Tim si lo hiciéramos.

—¡No, padre, eso nunca! —gritaron todos de nuevo.

—Eso me hace muy feliz —dijo el pobre Bob—, me hace muy feliz.

La señora Cratchit le dio un beso, sus hijas lo besaron, los dos pequeños Cratchit lo besaron, y Peter y él se dieron un apretón de manos. ¡Espíritu de Tiny Tim, tu alma infantil era obra de Dios!

—¡Espectro! —dijo Scrooge—. Algo me dice que el momento de partir ha llegado. Lo sé, pero no sé cómo lo sé. Dime quién era el hombre al que vimos yacer muerto.

El fantasma de la Navidad aún por venir lo transportó, como en ocasiones anteriores (aunque a una época distinta, o eso pensó..., en realidad, no parecía que hubiera ningún orden en aquellas últimas visiones, salvo que todas acontecían en el futuro), a las dependencias de un grupo de hombres de negocios, pero él tampoco se encontraba allí. De hecho, el espíritu no se detuvo en absoluto, sino que continuó como si quisiera llegar al fin deseado, hasta que Scrooge le rogó que esperase un poco.

—En este patio por el que volamos ahora es donde está mi oficina, y así ha sido durante mucho tiempo. Ya veo la casa. Déjame ver lo que seré en el futuro.

El espíritu se detuvo. La mano señalaba a otro lugar.

—La casa está allí —exclamó Scrooge—. ¿Por qué señalas hacia el otro lado?

El dedo inexorable no hizo ningún movimiento.

Scrooge se acercó enseguida a la ventana de su despacho y miró en su interior. Era un despacho, efectivamente, pero no era el suyo. El mobiliario no era el mismo y el personaje que ocupaba su silla no era él. El fantasma seguía señalando a otra parte, como antes.

Se reunió con el espectro de nuevo y, preguntándose por qué y dónde querría ir, lo acompañó hasta que ambos llegaron a una verja de hierro. Scrooge se detuvo para mirar a su alrededor antes de entrar.

¡Un cementerio! Allí, entonces, yacía bajo tierra el pobre desgraciado cuyo nombre había querido saber. Era un lugar curioso. Aprisionado entre casas. Invadido por las hierbas y la maleza, el producto de la vegetación abandonada: sin vida. Un lugar atestado de tumbas y enterramientos. Abultado de su insaciable apetito. ¡Un lugar bien curioso, ya lo creo!

El espíritu permanecía inmóvil entre las tumbas y señalaba una. Scrooge avanzó hacia ella temblando. El fantasma estaba exactamente como antes, pero creyó ver nuevos significados en su terrible figura.

—Antes de acercarme a esa lápida que señalas... —dijo Scrooge—, contéstame una pregunta. ¿Todo esto son imágenes de cosas que van a suceder o son sólo imágenes de cosas que *pueden* suceder?

Sin decir nada, el fantasma señalaba la tumba junto a la que se encontraba.

—Las vidas de los hombres auguran ciertos finales a los que necesariamente se ven abocados si perseveran en sus actos —dijo Scrooge—. Pero si sus vidas se apartan de dichos caminos, los finales cambian. ¡Di que es eso lo que me estás enseñando!

El espíritu estaba tan inmóvil como siempre.

Scrooge avanzó despacio hacia él, temblando mientras caminaba; y siguiendo las indicaciones del dedo, leyó en la lápida de una tumba abandonada su propio nombre: EBENEZER SCROOGE.

—¡Era yo el hombre que estaba tendido en la cama! —exclamó, cayendo de rodillas.

El dedo del espíritu señaló la tumba y luego a él, y de nuevo volvió a la tumba.

—¡Oh, no, espíritu! ¡Oh, no, no!

El dedo seguía inmóvil.

—¡Espíritu! —gritó Scrooge, aferrándose a los ropajes del fantasma—. ¡Escúchame! No soy el hombre que era... No seré el hombre que podría haber sido, y todo gracias a lo que me has mostrado... ¿Por qué me ibas a enseñar esto si no tuviera ninguna esperanza?

Por vez primera, la mano del fantasma pareció dudar.

—¡Espíritu benéfico —prosiguió Scrooge, mientras permanecía tendido en el suelo, donde se ha-

EBENEZER
SCROOGE

bía postrado—, intercede por mí, y ten piedad de mí! ¡Dime que aún puedo evitar las escenas que me has mostrado si cambio mi comportamiento en la vida!

La mano tembló compasiva.

—Honraré la Navidad de todo corazón, e intentaré conservar su espíritu durante todo el año. Viviré el pasado, el presente y el futuro de la Navidad. Los tres espíritus vivirán en mí. No olvidaré las lecciones que me han enseñado. ¡Oh, dime, dime que puedo borrar lo que está escrito en esta lápida!

En su angustia, se atrevió a coger la mano espectral. La mano quiso liberarse, pero Scrooge era implacable en su súplica, y la retuvo. El espíritu, más fuerte sin embargo, pudo desasirse de él.

Uniendo sus manos en una última oración para procurar que su destino fuera otro, Scrooge apreció una alteración en la capucha y en las túnicas del fantasma... Su figura se contrajo, se derrumbó y se solidificó hasta convertirse en un poste del dosel de su cama.

ESTROFA V

El final

¡Sí! ¡El poste pertenecía al dosel de su propia cama! La cama era la suya, la alcoba era la suya. Y lo mejor y lo más afortunado de todo: ¡el tiempo que tenía por delante era también suyo, para poder cambiar!

—¡Viviré el pasado, el presente y el futuro de la Navidad!—repitió Scrooge mientras saltaba de la cama—. Los tres espíritus vivirán en mí. ¡Oh, Jacob Marley, el Cielo y la Navidad sean alabados por todo esto! Lo digo de rodillas, viejo Jacob..., ¡de rodillas!

Estaba tan agitado y tan entusiasmado con sus buenas intenciones que su voz quebrada apenas podía proferir lo que deseaba. Había estado sollozando amargamente en su conversación con el espíritu y tenía el rostro lleno de lágrimas.

—¡No las han arrancado...! —exclamó Scrooge, abrazando una de las cortinas del dosel—. No las han arrancado, están las argollas y todo. Ahí están... y aquí estoy yo... Todas esas imágenes de las cosas que podrían haber sido se disiparán. Claro que se disiparán. ¡Sé que se disiparán!

Tenía las manos ocupadas con su ropa todo ese tiempo: la volvía del revés, se ponía arriba lo de abajo, la rasgaba, la perdía, la lanzaba al aire como una pelota, hacía con la ropa todo tipo de extravagancias.

—¡No sé ni lo que hago...! —exclamó Scrooge, riendo y llorando al mismo tiempo—. Soy ligero como una pluma, y feliz como un ángel. Estoy tan contento como un niño. Y tan atolondrado como un borracho. ¡Aúpa! ¡Hola, hola! ¡Anda! ¡Jo, jo, jo!

Había ido corriendo y saltando hasta el salón y ahora se encontraba dando brincos a la pata coja, casi sin aliento.

—¡Aquí está la cazuela con las gachas! —exclamó Scrooge, poniéndose en marcha de nuevo y saltando alrededor de la chimenea—. ¡Ahí está la puerta por la que entró el fantasma de Jacob Marley! ¡Y en esa esquina es donde se puso el fantasma de las Navidades presentes! ¡Por esa ventana vi los espíritus errabundos! ¡Muy bien, todo está bien, todo ha ocurrido! ¡Ja, ja, ja!

En realidad, para un hombre que había estado durante tantos años sin practicar, tenía una risa espléndida, una risa de lo más luminosa. Y aquélla fue la primera de una larga, larga, larguísima estirpe de espléndidas carcajadas.

—¡No sé ni a qué día de mes estamos! —dijo Scrooge—. No sé durante cuánto tiempo he estado entre espíritus. No sé nada. Soy como un niño. No importa. No tiene importancia. Prefiero ser como un niño. ¡Venga! ¡Aúpa! ¡Hola, hola!

Aquellos arrebatos se vieron interrumpidos por las iglesias que llamaban con los repiques de campanas más entusiastas que jamás había oído. ¡Clan, clin, tolón tolón, ding, dong, repique, repique, dong, ding, tolón tolón, clin, clan! ¡Ah, glorioso, glorioso!

Corriendo hacia la ventana, la abrió y asomó la cabeza. No había niebla ni bruma. Sólo había una luz del sol dorada, clara, brillante, jovial, conmovedora, fría..., ¿fría? ¡Tan cálida que podría hacer bailar la sangre! Un cielo celestial, un aire fresco y dulce, unas campanas alegres... ¡Oh, glorioso, glorioso!

—¿Qué día es hoy? —exclamó Scrooge, llamando desde la ventana a un muchacho que iba vestido de domingo, y que tal vez se había entretenido en el camino.

—¿Eh? —dijo el chico, con una expresión de asombro en el rostro.

—¿Qué día es hoy, mi buen amigo? —preguntó Scrooge.

—¿Hoy? —replicó el chico—. ¡Bueno! ¡Es NAVIDAD!

—¡Es Navidad...! —dijo Scrooge para sí—. ¡No me la he perdido! Los espíritus lo han hecho todo en una noche. Bueno, pueden hacer lo que les plazca. Por supuesto que sí. Por supuesto que sí. ¡Oye, mi buen amigo!

—¡Qué! —contestó el muchacho.

—¿Conoces la pollería de la calle de al lado, la de la esquina? —preguntó Scrooge.

—Diría que sí —contestó el joven.

—¡Un chico listo! —dijo Scrooge—. ¡Un chico sensacional! ¿Sabes si ya han vendido aquel pavo navideño que tenían allí colgado? No el pequeño, sino el grande.

—¡Ese pavo es tan grande como yo! —contestó el muchacho.

—¡Qué chico tan encantador! Es un placer hablar con él... —dijo Scrooge—. ¡Sí, joven!

—Está allí colgado todavía —contestó el chico.

—¿Ah, sí? —dijo Scrooge—. Ve y cómpralo.

—¡Venga ya! —exclamó el muchacho.

—No, no —dijo Scrooge—. Te lo digo en serio. Ve y cómpralo, y diles que lo traigan aquí, y que yo les diré la dirección a la que deben llevarlo. Vuelve con el carnicero y te daré un chelín. ¡Y si vuelves con él en menos de cinco minutos, te daré media corona!

El chico salió disparado. Una mano muy ágil debería tener el que quisiera disparar con tanta rapidez.

—Lo enviaré a casa de Bob Cratchit —murmuró Scrooge, frotándose las manos y ahogando una risilla—. No sabrá quién se lo envía. Tiene dos veces el tamaño de Tiny Tim. ¡Joe Miller[52] jamás hizo una broma tan buena como ésta de enviarle ese pavo a Bob!

La mano con la que escribió la dirección no era muy firme, pero pudo escribirla de todos modos, y luego bajó las escaleras para abrir la puerta

52. Joseph *Joe* Miller (1684-1738), actor y humorista inglés. *(N. del t.)*

de la calle, dispuesto a esperar al recadero del pollero. Mientras estaba allí, esperando a que llegara, la aldaba volvió a llamarle la atención.

—¡La apreciaré mientras viva! —exclamó Scrooge, dándole unos golpecitos con la mano—. Ni siquiera había reparado en esta aldaba antes. ¡Qué expresión tan sincera tiene su rostro! ¡Es una aldaba preciosa...! Ah, ya está aquí el pavo. ¡Hola! ¡Vaya! ¿Qué tal? ¡Feliz Navidad!

¡Aquello sí que era un pavo! Jamás podría haberse mantenido en pie sobre sus patas, menudo pavo. Se le habrían quebrado en un minuto, como barritas de lacre.

—Vaya... Es imposible llevar eso a Camden Town —dijo Scrooge—. Tendrá que coger un coche de punto.

La risilla con la que dijo aquello y la risilla con que acompañó el importe del pavo, y la risilla con la que pagó el coche de punto, y la risilla con la que recompensó al muchacho sólo fueron superadas por las risillas con las que disfrutó cuando se sentó de nuevo en su sillón, casi sin aliento, y se rio hasta llorar.

Afeitarse no fue una tarea fácil, porque su mano seguía temblando mucho y el afeitado requiere atención, incluso aunque uno no baile cuando está haciéndolo. Pero si se hubiera cortado la punta de la nariz, se habría puesto un trozo de esparadrapo y se habría quedado tan contento.

Se vistió «de punta en blanco» y luego se echó a la calle. En aquella época había gente por todas partes, tal y como él mismo había comprobado con el fantasma de las Navidades actuales; y caminando con las manos a la espalda, Scrooge iba mirando a la gente con una gozosa sonrisa. Parecía tan irresistiblemente encantado, en una palabra, que tres o cuatro personas de humor festivo le dijeron «¡Buenos días, señor! ¡Y que tenga una muy feliz Navidad!». Y Scrooge, algún tiempo después, dijo que de todos los sonidos alegres que había escuchado en su vida, aquéllos fueron los más encantadores para sus oídos.

No había avanzado mucho cuando vio que, caminando hacia él, venía el elegante caballero que había entrado en su contaduría el día anterior y había dicho «Scrooge & Marley, supongo». Sintió una punzada en el corazón al pensar qué pensaría aquel anciano caballero si se encontraran; pero Scrooge sabía qué camino tomar para toparse directamente con él y ése fue el que escogió.

—Mi querido señor —dijo Scrooge, apretando el paso y estrechando las manos del anciano caballero entre las suyas—. ¿Qué tal está? Espero que ayer tuviera éxito. Lo que hace es muy generoso por su parte. ¡Le deseo una muy feliz Navidad, señor!

—¡Señor Scrooge!

—Sí —asintió Scrooge—, ése es mi nombre, y me temo que no le resultará muy agradable. Permítame que le ruegue que me perdone. Y tenga usted la bondad de... —Y entonces le susurró algo al oído.

—¡Que Dios le bendiga! —exclamó el caballero, como si hubiera perdido el aliento—. Mi querido señor Scrooge, ¿me lo está diciendo en serio?

—Si le parece bien —dijo Scrooge—. Ni un cuarto de penique menos. En esa cifra van incluidos muchísimos pagos atrasados, se lo aseguro. ¿Me hará ese favor?

—¡Mi querido amigo! —exclamó el otro, estrechándole de nuevo la mano—. No sé qué decir ante tanta generos...

—No diga nada, por favor —replicó Scrooge—. Venga a verme. ¿Vendrá a verme un día?

—¡Por supuesto! —exclamó el viejo caballero. Y era evidente que pensaba hacerlo.

—Mil gracias —dijo Scrooge—. Le estoy enormemente agradecido. Le doy un millón de gracias. ¡Que Dios le bendiga!

Fue a la iglesia y luego caminó por las calles, y vio a la gente atareada yendo de un lado para otro, les revolvió el pelo a los críos y habló con los mendigos, olisqueó en las cocinas bajas de las casas y miró las ventanas de los pisos altos, y descubrió que todo aquello le producía un inmenso placer. Nunca había imaginado siquiera que un paseo —que nada, en realidad— pudiese proporcionarle tanta felicidad. Por la tarde dirigió sus pasos hacia la casa de su sobrino.

Pasó frente a la puerta una docena de veces antes de reunir el ánimo suficiente para subir y llamar. Al final se armó de valor y lo hizo.

—¿Está el señor en casa, querida? —le dijo Scrooge a la doncella. ¡Una chica muy agradable! Mucho.

—Sí, señor.

—¿Dónde está, cariño? —dijo Scrooge.

—Está en el salón, señor. Con la señora. Le acompañaré arriba, si me lo permite.

—Gracias. Él me conoce —dijo Scrooge, con la mano ya puesta en el picaporte del salón—. Ya entro yo solo, querida.

Giró el picaporte suavemente y asomó la cabeza al interior. Todos estaban mirando la mesa (que estaba repleta de todo tipo de comida y adornos). Los jóvenes siempre se ponen nerviosos en estas ocasiones especiales y les gusta comprobar que todo está correcto.

—¡Fred...! —dijo Scrooge.

¡Madre mía, qué susto se llevó su sobrina política! Scrooge no se había percatado de que ella estaba sentada en un rincón con el escabel, o de lo contrario no se hubiera presentado así, de ninguna manera.

—¡Que Dios me ampare! —gritó Fred—. Pero ¿esto qué es?

—Soy yo. Tu tío Scrooge. He venido a comer con vosotros. ¿Me dejas quedar, Fred?

¿Que si le dejaba quedarse? Fue una suerte que no le arrancara un brazo cuando le obligó a entrar en el salón. A los cinco minutos se sentía como en casa. Nada podía ser más amable y cálido. Su sobrina también se lo pareció. Y también Topper, cuando llegó. Y la hermana gordezuela, cuando llegó. Y todos los demás, cuando llegaron. ¡Una fiesta maravillosa, con maravillosos divertimentos, maravillosa cordialidad y ma-ra-vi-llo-sa felicidad!

De todos modos, a la mañana siguiente acudió muy pronto a su oficina. Oh, ya lo creo, acudió muy pronto. ¡Sólo si conseguía llegar el primero podría cazar a Bob Cratchit llegando tarde! Ésa era la idea que tenía en mente.

Y lo consiguió. Sí, lo consiguió. El reloj dio las nueve. Pero Bob no aparecía. Las nueve y cuarto. Bob no aparecía. Tuvieron que transcurrir dieciocho minutos y medio antes de que llegara. Scrooge estaba en su sitio con la puerta completamente abierta, para poder ver cómo el empleado entraba en su covachuela.

Bob se quitó el sombrero antes de abrir la puerta, y también la bufanda. En un periquete estaba ya encaramado en su taburete, trabajando con la pluma, como si estuviera intentando recuperar el tiempo perdido.

—¡Hola! —gruñó Scrooge con su voz acostumbrada, o al menos lo más parecido que pudo fingirla—. ¿Qué se supone que pretendes llegando a estas horas?

—Lo siento muchísimo, señor —dijo Bob—. Me he retrasado.

—¿Ah, sí? —dijo Scrooge—. Sí. Creo que sí. Venga aquí, por favor.

—Ha sido una sola vez en un año, señor —suplicó Bob, asomando la cabeza en su cuartucho—. No se volverá a repetir. Tuvimos un poco de fiesta ayer, señor.

—Ya. Bueno, te diré algo, amigo mío —dijo Scrooge—. No voy a tolerar este tipo de cosas ni una vez más. Y por lo tanto —añadió, saltando de su taburete y sujetando a Bob de tal modo por las solapas que éste volvió a trompicones a su covacha—, y por lo tanto... ¡te voy a subir el sueldo!

Bob estaba temblando y se acercó a la regla de madera. Durante un segundo se le pasó por la cabeza atizarle con ella a Scrooge, sujetarlo y llamar a la gente de la calle en busca de socorro y una camisa de fuerza.

—¡Feliz Navidad, Bob! —dijo Scrooge con un entusiasmo que no dejaba lugar a dudas, mientras le daba golpecitos en la espalda—. ¡La Navidad más feliz, Bob, de las que he podido desearte cualquier año! Te subiré el sueldo y procuraré ayudar a tu familia en las dificultades, ¡y discutiremos todo eso esta misma tarde, delante de la chimenea, con un buen tazón navideño de ponche humeante, Bob! ¡Atiza las estufas, y compra otro cubo de carbón antes de ponerle un punto a la i, Bob Cratchit!

Scrooge fue más allá incluso de lo que decían sus palabras. Hizo todo lo que prometió e infinitamente más. Se convirtió en un buen amigo, un buen patrón, y en un hombre tan bueno como el mejor que se hubiera conocido en la vieja ciudad, o en cualquier otra vieja ciudad, pueblo o barrio del viejo mundo. Algunos se reían al ver semejante cambio en él, pero él dejaba que los demás se rieran a gusto, y le traía sin cuidado, porque era lo suficientemente inteligente como para saber que nada bueno ha ocurrido jamás en este mundo, desde siempre, de lo que la gente no se haya reído a carcajadas al principio. Y sabiendo que esa gente siempre iba a estar ciega de todos modos, pensó que bien estaba que se entretuviera haciendo guiños y tonterías; mejor eso que mostrar su nocivo carácter de formas menos atractivas. Su corazón también estaba alegre y se reía, y eso era más que suficiente para él.

No volvió a tener ninguna relación con los espíritus; al contrario, vivió bajo el principio de la Abstinencia Total, para siempre jamás.[53] Y siem-

53. El Principio de la Abstinencia Total es una recomendación que se hace a los alcohólicos. Se trata de un jocoso juego

pre se dijo que, si había una persona que supiera celebrar bien la Navidad, sin duda ésa era Ebenezer Scrooge. ¡Ojalá se pueda decir eso en verdad de nosotros, de todos nosotros! Y así, como dijo Tiny Tim, ¡que Dios nos bendiga a todos!

FIN

---

de palabras: dado que *'spirit'* significa 'espíritu' y 'bebida alcohólica o espirituosa', la abstinencia total se refiere más al trato con espíritus que al trato con las bebidas. *(N. del t.)*

ÍNDICE

AUSTRAL MÍNIMA reúne las obras más emblemáticas de la literatura universal en un formato especial que te permitirá llevarlas siempre contigo.

TÍTULOS DE LA COLECCIÓN:

Las flores del mal, Charles Baudelaire
Cumbres borrascosas, Emily Brontë
Canción de Navidad, Charles Dickens
La metamorfosis, Franz Kafka

AUSTRAL

www.australeditorial.com

www.planetadelibros.com

Impreso en Huertas, S. L.